千里眼
シンガポール・フライヤー 上

松岡圭祐

角川文庫 15066

目次

天使か悪魔か　9
蟬の声　25
心を閉ざす女　35
真実の重さ　52
アリス　63
日本GP　84
レッドフラッグ　94
限界　103
愛情と憎悪　115

フェイク　125
母体　143
ドラマ　155
終焉の時　165
オアシスは遠い　178
サーキット　184
相談者（クライアント）　193
安全保障理事会　222
テストドライバー　231
報告書　243
電撃　249
予期せぬ訪問者　256
渡り鳥　267

レギュレーション　274
決着のとき　288

国際連合　安全保障理事会における各国からの報告の総括
（二〇〇八年三月二十五日）

〝無国籍Σ（アンノウン・シグマ）〟の機影が初めて確認されたのはクウェート上空、約一年半前のことである。

イラク復興支援のために世界から派遣されていた多国籍軍が、国籍不明機の領空侵犯を確認。米空軍機がスクランブル発進したが、その謎の機体は驚くべき機動性を発揮して彼らを翻弄（ほんろう）し、たちどころに高度をあげて飛び去っていった。

レーダーにも反応がないことから、ステルス機とみられたが、正確なところは何もわからなかった。どの国の戦闘機にも該当せず、両翼がΣ（シグマ）の形状をなしていたことから、米国防省によってアンノウン・シグマと命名された。

以後、アンノウン・シグマは世界各地に出現した。アルゼンチンの空ではミラージュIIIのコピー機であるダゲールを振り切り、海軍基地を低空でかすめ飛んだ。イタリアの空母ジョゼッペ・ガリバルディの艦橋にも異常接近し、緊急発進した戦闘機トーネードの背後を突いて、しばし追いまわした。東ティモール上空にも侵入し旋回をつづけたため、併合維持派と独立派が互いに敵機の空襲だと思いこみ、インドネシア紛争の泥沼化に拍車がかかった。

戦闘機が追尾しようと、高射砲で弾幕を張りめぐらそうと、かすり傷ひとつ負うことなくすり抜け、その国の防衛の中枢に肉薄しては離脱する。現在のところアンノウン・シグマに攻撃を受けた例はないが、ただの偵察以上の行為であることは間違いない。たとえ発砲せずとも、度を過ぎた挑発は先制攻撃と同義という国連事務総長の発言もあったが、地球上のいずれかの国の軍隊に属するはずのアンノウン・シグマによる領空侵犯行為は、いっこうにやむ気配がなかった。

出現するアンノウン・シグマは常に一機で、航続距離は不明、どこから発進しているかもさだかではない。それでも小ぶりな機体に地球の裏側まで飛ぶ燃料を積むことは不可能だろうというのが大方の見方で、おもに空母を有する国が容疑者扱いを受けることになった。軍事大国どうしは互いに猜疑(さいぎ)心にとらわれ、なかには対立国を犯人とみなし、名指しで非難するケースも少なくない。

天使か悪魔か

視界を覆い尽くす雲海を抜けたとき、うっすらと列島の一部が見えてきた。

狭いコックピットに歓声があがる。副機長のジャコブ・アルベールと通信士のドミニク・ベランジェが、揃って黄色い声を発していた。

機長のニコラ・ボードレールはあわてていった。「おいおい。これからランディング・アプローチってときに、エンジン音を掻き消すな。（シアプレ・ヌコマンスロン・ア・デバルケ・ラプロシュ・トゥネ・ヴォートル・ブリュイ・ヌヌプヴォンパ・ザンタンドレ・ドゥ・ソン・ドゥ・モトゥル）操縦桿（かん）がブレるだろ」

ニコラとほぼ同世代、四十を過ぎたばかりのスキンヘッドの男、ジャコブは苦笑いをした。「着いた早々、カミカゼですか」

「悪い冗談だ」ニコラは後方を振りかえった。「ドミニク。東京管制部との通信は保ったまま、別回線で浜松基地管制塔に周波数を合わせてくれ」

金髪を短く刈りあげた青年、ドミニクは通信用のヘッドフォンに耳を傾けながら、怪訝（けげん）な顔をした。「ILSがあるのに、着陸誘導管制（GCA）を求めるんですか？　ビーコンの受信状況は最良ですけど」

「念には念を、だよ。不案内な土地だ」

「霧も晴れてて視界も良好と思いますが……」

「ドミニク、機長は俺だ。黙って指示に従え」

「了解」と、コックピットのなかでは一番若手のドミニクがエアバンドのダイヤルに手を伸ばす。

その手首に妙なものが巻きついているのを、ニコラは見た。一見、腕時計のようだが、文字盤にあたる場所には少女の顔のイラストがある。

「なんだそれ」とニコラはきいた。

「あ、これですか。日本に飛ぶってんで、出発前にシャルル・ド・ゴール空港の売店で買いました。アニメ（ANIME）のキャラですよ」

「アニメ？　……ああ。ジャパニメーションか」

「そう。それです。ご存じですか？」

「夕方のテレビでやってるな。ディズニーみたいな絵でロボットも出てくるし、安心して子供に見せられると思ってたら、気がふれて絶叫して殺し合いを始めるとか、そんな話ばっかりだ。いつも雨降ってるし、涙流してるしな」

ジャコブがにやついた。「日本じゃ漫画もクロサワが作ってるんだろ」

ドミニクは肩をすくめながらいった。「黒澤明ならとっくに亡くなってますよ。うちはカトリックじゃないんでね、親子揃って楽しんでます」

ニコラはたずねた。「殺し合いを、か?」

「アニメを、ですよ。……応答ありました。GCAに周波数変更します」

軽く咳(せき)ばらいをしてから、ニコラは英語でマイクに告げた。「GCA着陸管制願います(リクエスト・GCA・アプローチ)」

かすかな雑音とともに、アジア人特有の歌うような発音がかえってきた。「こちら(ディスイズ)浜松・リーダー(ハママツフィーダー)です。無線を確認(レディオ・チェック)します。感明度はいかがですか?(ハウ・ドゥー・ユー・リード)」

「明瞭です(リーディング・ユー・ファイン)」ニコラは胸ポケットからサングラスを取りだし、フランス語に戻ってつぶやいた。「明るすぎるぐらいだ(セ・トロ・クレール)。午後三時すぎだってのに」

隣りでジャコブがやはりサングラスに手を伸ばす。「真夏だからな」

「見渡すかぎりの水田に森林……。こういう陸地が一番怖いんだ。気を抜いちまって、思わぬ変化を見落としがちになる」

「違いないな。とはいえ、神経質になりすぎるのもどうかと思うが。こんなの、プロヴァンスかブルターニュ上空をセスナで遊覧飛行するのと変わらんぞ? 肩の力を抜いて、リラックスしていけよ」

リラックス……。

どうもそんな気にはなれない。

長時間のフライトのせいで過敏になっているのか。いや、そうではないとニコラは思った。

操縦桿にかすかな振動を感じる。構造上、両翼に備わった巨大なプロペラエンジンの音は、機内に反響するかたちでしか耳に伝わってこない。その音色から好調か不調かを判断するのは難しい。計器パネルのウォーニング・ライトも点灯していない。

心配するほどのことではないのかもしれないが、それでも気にはなる。

全長三十五・六メートル、全幅三十八メートル、高さ十一・六メートル。重量は二万六千キログラム。輸送機としてこれぐらいのサイズを飛ばすことにはなんら不安を感じない。もっと大きな機体を、より長い距離にわたって飛ばしたことは何度もある。

憂慮しているのはエンジンだった。ニコラは窓ごしに翼に目を向けた。ずんぐりとした形状、ジェットエンジンと見まごうばかりの物体が翼の下にぶらさがっている。

「なあジャコブ」ニコラは副機長にいった。「これだけ強い推力を持つプロペラエンジンをどう思う」

「さてね。ジェット機並みの航続時間で太平洋をひとっ飛び、沖縄を経由して無事に目的地に到着。ありがたい限りだな」

「もちろんそうだが……。変だな」ニコラは操縦輪を引き、手ごたえをたしかめた。「水平尾翼の昇降舵(しょうこうだ)が重い。推力とのバランスもとれていない気がする」

「そうか？　風のせいじゃないのか？」

「ならいいんだけどな」

後ろからドミニクが軽い口調で告げてきた。「機長は慎重すぎますよ。フランス空軍の輸送機がそんなに簡単に壊れると思いますか？」

ニコラはため息をついた。「軍用機だから不安なんだよ、ベランジェ少尉。俺と同じファーストネームの大統領(サルコジ)は、軍に予算を優先してくれないからな」

紺いろの制服に身をつつんだふたりが、苦笑に似た笑いを浮かべる。

同じ空軍のユニフォームを着て操縦輪を握るニコラは、彼らほど楽観的になれなかった。フランス国内なら緊急事態にも対処のしようがある。ここは西側に属する国とはいえ、極東だった。NATO加盟国の基地ははるかに遠い。

民家の屋根瓦(がわら)がはっきり視認できる高度にまで下げて、ニコラはいった。「もしエンジントラブルが起きても、在日米軍に助けを求めるなんざまっぴらだ」

そのとき、ドミニクが身を乗りだした。「見てください、あれ」

ドミニクが指差した方向には、田園のなかに延びる車道があった。

浜松基地にほど近い一帯にはひとけもほとんどなく、往来する車両もごくわずかだ。そのなかに、夏の日差しを受けて鮮やかに輝くオレンジいろのボディがあった。

ランボルギーニ・ガヤルドは車幅ぎりぎりのあぜ道に乗りいれ、輸送機と競うように走っている。

「たまげたな」ジャコブがつぶやいた。「ここ、本当に日本か?」

快活に笑ってドミニクがいう。「日本にも走り屋は多いって話ですよ。ただ、トヨタやホンダを差し置いて、イタリア車に乗る輩がいるとはね」

「それも思いっきり飛ばしてるな。どこの成金だ」

違いない、とニコラは思った。

この機体の降下速度にほぼ合わせて走っているということは、時速三百キロを超えている。公道を走る乗り物としては尋常ならざる速度だ。しかもなぜか、進路を輸送機にぴたりと一致させている。道なき道にまで乗りいれ、荒地を突っ切ってまで併走を維持しようとしている。

それでも降下する機体のほうがさすがに速く、距離はみるみるうちに縮まってきた。ガヤルドがほぼ真下に位置するまでになったとき、またドミニクが驚きの声をあげた。

ガヤルドの窓が開いて、ほっそりとした腕が突きだされた。その手は棒状のものを保持している。直後、発煙筒だとわかった。

発煙筒はすでに点火していて、疾走するガヤルドの側面から真っ赤な煙を噴きあげている。煙は後方に尾をひいていた。

ドミニクは愉快そうに笑った。「あれ、女の腕みたいですよ。最高にいかれてますね」

ジャコブも首を横に振った。「イタリアのスポーツカーを飛ばしながら発煙筒を振る日本人女。歓迎の儀式としちゃシュールだな」

「副機長。イタリア車っていってますけど、ランボルギーニはいまじゃアウディの資本ですよ」

「じゃドイツ車か？　日独伊、枢軸国揃ったわけか」

「爆撃したら？」

けたたましく笑ったジャコブが、空爆の音を口で奏でた。ギューン、バリバリ……。

うんざりしてニコラはふたりを制した。「よせよ」

ニコラは、追い越す寸前の眼下のガヤルドを見つめた。

たしかにドライバーは女のようだ。ほっそりとした腕が発煙筒を振っている。あの速度で片手運転か。たいしたドライビングテクニックだ。あるいは、ただ無謀なだけか。

基地に降りていく機体を見つけては、からかい半分に遊んでいるだけだろうか。いや、俺たちは自衛隊機とは異なる方角からアプローチしている。こちらから飛んでくる機体を待ち構えることは、不可能に近い。

とすると、あの発煙筒および向こう見ずとも思える疾走は、なにを意味しているのだろう。

ひょっとして何かを、俺たちに伝えたがっているのか……？

そう思ったとき、機体ががくんと降下した。

ほぼ垂直に近い落下。中央計器盤のそこかしこに警告灯がともり、ブザーが鳴り響く。

機首がさがっている。ニコラは立て直そうと操縦輪を引いた。

だが、機体は前傾姿勢のままだった。縦揺れが激しくなる。右旋回に入ろうとしたが、制御不能だった。

「回らない」ニコラは副機長席のジャコブに怒鳴った。「そっちはどうだ？」

ジャコブも血相を変えていた。「とんでもなく重い！　左旋回は効くみたいだ。右は無理だな、まるっきり動かない」

ニコラも同じ手ごたえを感じていた。「こっちも左だけだ。まずいぞ。右に向かわないと基地へは行けない」

あわてたようすでドミニクがマイクに怒鳴る。「メーデー、メーデー。浜松管制塔。基地の南西百マイル地点上空で失速、降下中。北緯三十二度四十一分、東経百三十五度三十七分……」

満身の力をこめて水平飛行を復旧させようとしながら、ニコラはドミニクに告げた。「フランス空軍の最高機密を輸送中だと伝えろ」

「機長(ニコラ)」ジャコブが声を張りあげた。「左エンジンの推力がでない。機体は右へは行かない。逆に左に大きく旋回して基地の方角に向けるしかない」

「降下率も降下角も大きすぎて駄目だ。旋回が完了する前に墜落しちまう」

実際、機首は下がったままだ。地面がしだいに迫りつつある。

エンジンから噴きだした白煙が、視界を覆っていく。失速した機体の前方に唯一視認できるのは、ガヤルドのテールランプの瞬きだけだった。

目を凝らすと、発煙筒の炎がおぼろげに見える。ガヤルドの女性ドライバーはなおも発煙筒を振りつづけていた。

その動作にはひとつのパターンがあるように思えた。

ジャコブがいった。「あのガヤルド、左に行けと言ってるみたいだが……」

「ああ、そうだ」ニコラはうなずいた。「間違いない、俺たちを誘導するつもりだ」

「左旋回したら基地が遠のくだけだぞ」

「ほかに着陸地点があるのかもしれん」

「信じるのか、ニコラ？　この高度からじゃ、せいぜい十時か九時ていどに進路を変えられるていどだ。それ以上はもう……」

「わかってる。ほかに手はない」

　吐き捨てながらも、ニコラは胸にひっかかるものを感じていた。

　あのガヤルドは、こちらの機体に不調が生じる前から併走し、発煙筒で合図していた。トラブルが起きるとわかっていたのだろうか。あるいは、俺が操縦輪にわずかに覚えていた違和感を、外部からなんらかの異常として見てとることができた、そういうことだろうか。

　もう猜疑心を働かせていられる場合ではなかった。ニコラは汗のにじんだ操縦輪を左にひねった。

　機体が横方向に傾き、地平線が斜めになる。ガヤルドは輸送機の旋回を察知したようすで、進路を左に向けてなおも先導しつづける。平野に広がる田畑のなかを、ガヤルドが猛スピードで飛ばしていく。

　車体後方に嵐のように砂埃を巻きあげ、片側二車線の国道を横断し、広告看板を突き破ってなおもガヤルドは疾走する。

その行く手には浅い渓谷があって、底部には川が流れていた。

「まずいぞ」ジャコブが怒鳴った。「ドライバーには行く手が見えてないのか？　あの速度じゃ川に突っこむぞ！」

だが、ガヤルドは想像を絶する高速域を維持したまま、渓谷の手前にある急な上り坂に突入した。

一・五トンほどの物体が、時速三百キロを超え、傾斜角約四十度の坂を上ったときに引き起こされる驚異的な物理的現象を、ニコラはまのあたりにした。

ガヤルドの車体は、斜面を登った勢いをほぼそのまま維持し、射出されたかのように宙に舞った。慣性の法則に従って渓谷の上を飛び、空気抵抗と重力の影響を受けて降下しだしたときには、すでに川岸の向こうに達していた。

どすんという音は、警報の鳴り響くコックピットにも聞こえてきた。ガヤルドは川原の草地に何度かバウンドし、横転しそうなほどに斜めに傾いたが、持ち直して走りつづけた。

「なんて奴だ！」ジャコブは目を瞠(みは)った。「また奴が前にでる。こっちのエアスピードが低すぎるんじゃないのか？」

いや。それならもうとっくに墜落している。こちらはぎりぎりの速度を保ち、降下を最小限に留めようと努力している。

あのガヤルドは、そんな輸送機を上まわる速度で荒地を猛進しているのだ。考えられないほど卓越した運転技術だった。

しかし、そんなガヤルドが起こす奇跡にも限りはあるのかもしれない。車体は前方の森に突っこみ、上空からは見えなくなった。

ジャコブが操縦輪を握ったまま身を乗りだした。「どこだ。見えん」

ニコラはいった。「想定される速度のまま、こちらは飛びつづけるしかない」

足もとから、こすれるような音が響いてきた。

「おい」ジャコブが絶望的な声をあげた。「木々の先端をかすめてる。このままだと森のなかに落ちるだけだ」

ドミニクが青ざめた顔を向けてくる。「これじゃ畑に不時着したほうがマシでしたね」

ニコラは唇を噛んだ。

わざわざ俺たちを森に落とそうとしたのか？　機体を損傷させることを意図したのだろうか？　あそこまで命を張ったガヤルドのドライバーが、敵であるとは思いたくない……。

次の瞬間、森の上空を抜けて、視界がふいに広がった。

「見ろ！」ジャコブが怒鳴った。

左舷(さげん)に、斜め前方に延びる道がある。ガヤルドはそこをまっすぐに駆け抜けていく。一見して車道ではないとわかった。幅は狭く、小屋のような管制施設と数機のセスナがあるだけだが、滑走路に違いなかった。

「民間の飛行場だ！」ニコラはラダーペダルを踏みながら、操縦輪を左に傾けて滑走路に合わせた。「ランディング・ギアを下ろせ、急げ」

「了解」ジャコブがレバーを引く。

足もとに軽い振動が伝わってきた。ギアは正常に下りた。低圧タイヤを備えた十二個の車輪が、すべて出揃っている。

ガヤルドは滑走路よりも右寄りに案内した。この機体が左旋回しかできないことを知っていたからだろう。滑走路にまっすぐに進入させるために、着陸の寸前に修正可能な余地を残し、的確に誘導した。いまこの瞬間、パイロットに可能になることのすべてを把握していた。

やはり只者(ただもの)ではない、とニコラは思った。

ガヤルドの後を追うようにして、輸送機は滑走路に降下した。寸前で操縦輪を引き、かろうじて機首を上げる。横並び(タンデム)の主脚タイヤが、どしんという衝撃とともに大地を踏みしめた。

シザーライトが点灯し、接地を告げる。激しい騒音とともに機体は滑走路を疾走した。進路は左にずれていく。この期に及んでなお、エンジンの左右の推力バランスが一定ではない。たちまち滑走路から外れそうになった。

しかしガヤルドは、それすらも予測していたらしい。すでに滑走路から草地に飛びだすと、その先へと砂煙を巻きあげながら導いていく。

それは、乾いた砂地がひろがっていることを伝えようとするドライバーからのメッセージに相違なかった。機体の推力を無理なく殺すにはうってつけの地表だ。

低圧タイヤが砂に減りこみ、鈍い音をたてる。細かく刻むような振動が機体を覆い、速度は低下していった。

巻きあがった砂がフロントウィンドウに当たり、ぱらぱらと音をたてる。

飛行場の敷地外にある木立が目前に迫ったとき、縦揺れが一回襲った。

機体は静止した。

しばし、コックピットのなかを静寂が包んでいた。

信じがたい事態。ほんの数分のあいだに、それらに次々直面した。そしていま、無事に着陸し、ことなきをえた。

沈黙を破ったのはドミニクだった。「やりましたね！　あのガヤルドのおかげですよ」

ジャコブも笑いを浮かべながら、額の汗をぬぐった。「ああ。最近の芸者ガールは運転技術も卓越してるな。ルノーのゴーンが日産を仕切りたがるわけだ」

ふたりは声をあげて笑いあった。

だが、ニコラは同調する気分にはなれなかった。

前方を見やる。砂埃がおさまってきて、視界が戻りつつある。ガヤルドは、輸送機に尻を向けたまま、やや斜めになって停車していた。

まだドライバーが降りてくるようすはない。

ニコラは収納ボックスを開けると、ＭＡＳ・Ｍ１９５０オートマチック拳銃を取りだし、ホルスターにおさめた。

ジャコブが眉をひそめた。「この国での武装は政府の許可を得ないと……」

「非常事態だ。かまうか」

ドミニクも意外そうな顔を向けてきた。「ガヤルドは、僕らを救おうとしたんですよ」

たしかにそうだ。俺もこの一帯の地図が頭に入っていたら、あのガヤルドが誘導したとおりの航路をみずから選んだことだろう。この民間飛行場に緊急着陸することを決意し、砂地に突っこませることで機体を静止させただろう。

けれども、すべてを地上から判断できたとしたなら、あまりにも出来すぎている。

破壊工作の疑いは否定できない。

「エンジンはまだ切るな」ニコラはシートベルトを外し、立ちあがった。「いつでも移動できるようにしておくんだ」

「左旋回不能の機体でか？」ジャコブは不服そうにいったが、ニコラが睨みつけると、渋い顔で両手をあげた。「わかったよ。警戒を維持する」

「行こう」ニコラはコックピット後部の扉に向かいだした。「天使か悪魔か、その正体を見届けようじゃないか」

蝉の声

機首側面の扉は内側に階段を備えていて、下方に扉を開くことにより、地面に下りていける。

ニコラは油断なくホルスターの拳銃に片手を這わせながら、地上に降り立った。

蜃気楼に揺らぐ一帯は、近くの森林から響いてくるけたたましいノイズに包まれていた。

その騒音の正体は、蝉の合唱だった。ヨーロッパでは馴染みの薄い昆虫だが、日本においては列島全域に生息しているらしい。数時間前に沖縄の那覇基地に立ち寄ったときにはひどく耳障りに思えたが、すでに慣れてきている自分がいる。

ジャコブ、そしてドミニクが降りてきた。ふたりとも、途方に暮れた顔で辺りを見まわしている。

ひとけはない。迷彩柄の軍用機が不時着した以上、たちどころに警察が駆けつけてもよさそうなものだが、いまのところはサイレンの音ひとつ聞こえてこない。滑走路のわきにある管制小屋も、休みなのか無人のようだった。

遠方からの目撃者を除けば、不時着の事実を知る日本人は、ガヤルドのドライバーのみだった。

息を呑んで、ニコラはそのオレンジいろの車体に歩み寄っていった。

と、いきなりガヤルドのドアが開いた。

ドライバーが車外にでてきた。その姿を見たとき、ニコラは面食らった。

ドミニクの指摘どおり、ドライバーは女だった。スリムな体型をTシャツとデニムに包んでいる。一見して日本人とわかるが、白人のスーパーモデルを思わせる抜群のプロポーションだった。肩にかかるぐらいに伸ばしたナチュラルヘアはわずかに褐色に染まり、小さな顔に大きすぎるほどの瞳を宿している。人形のように端整なその顔だちは、あまりに優美すぎて一種独特な異様ささえ漂わせている。広い肩幅、大きな胸に比して極端に細くくびれた腰、その下のレイヨウのように長く細い脚は、まさしく突き詰められた人体の理想形にほかならなかった。

身長は百六十五センチ前後。年齢は二十歳すぎにも思えるが、正確なところはわからない。フランス人の目から見た日本人は総じて若く、誰もがティーンエイジャーのようにも感じられる。この落ち着きぐあいからすると、実年齢はもう少し上、二十代後半ぐらいかもしれない。

目の覚めるような美人だ。しかし、それだけではない。

着やせして見えるが、あきらかに鍛えた身体だった。無駄な肉はほとんどついていない。それもボディビルダーのタイプではなく、運動によって全身の筋肉を均等に育てている。あるていどの距離を置いていても、一瞬にして間合いを詰められる俊敏さを発揮できるだろう。

「わあ……」ドミニクはぽかんと口を開けていた。「まるでアニメだ……」

相手は武器を持っていない。話し合う意思はあるようだ。

ニコラはつかつかと女に歩み寄ると、英語で語りかけた。「機長のニコラ・ボードレール大尉だ。命を救われておいて恐縮だが、礼をいう前にたずねたいことがあってね」

すると、女は物怖じひとつせず、その大きな瞳でニコラをじっと見つめてきた。

「フランス語ならわかります（ジュ・プ・パルレ・フランセ）、大尉」女は真顔でいった。「日本へようこそ。いえ、お昼過ぎに那覇基地のエプロンに立ち寄ったでしょうから、すでに入国されていたとは思いますが」

警戒心がニコラのなかにひろがった。「どうして知ってる?」

「知ってるというより、わかっただけです。通りがかったところ、左エンジンの不調が見てとれたので」

「地上から判別できたというのか？」

「ええ。このクルマの乗車姿勢は、シートに仰向けに寝ているも同然ですから。空をいく輸送機も目に入ったんです。間もなく左エンジンが失速すると予測できました」

「なぜだ？」

女は無言で歩きだした。微笑ひとつ浮かべない。拳銃を所持しているこちらに対し、恐怖心も抱いていないようだ。

機体の左翼に歩み寄ると、女はアイドリング状態のエンジンを見あげていった。「見てください。ビュッセル&カンパニョーラ社のエンジンは、コーラの瓶を横に倒したような形状が特徴です。中央の凹部は飛行中も風を受けず、ステッカー一枚剝がれることがないって話ですよね」

ニコラはその凹部を眺めた。

フランス人のニコラにとって、見慣れない昆虫が二、三匹、そこにしがみついている。

ドミニクが頭をかきながら、女にきいた。「なんのことだい？」

すると、女はドミニクの手首をちらと見ていった。「日本のアニメは好き？」

「え？　ああ、これか。まあ、嫌いじゃないかな……」

「『エヴァンゲリオン』の第一話は観た？」

「ああ。……わが国でも放送してるからね」

「どんな場面から始まったか知ってる？」

「ええと……。使徒が攻めてくる前の街角。暑い夏の日で……」

「音は？」

「音？」

「その街角にはどんな音が聴こえてた？」

「……さあ。何も聴こえなかったと思うけど」

女はうなずいて、近くの森を指差した。「日本の映像作品では、夏を表すために頻繁にこの音が入るの。蟬の合唱。でも、それらの作品がヨーロッパに輸出されるときには、蟬の声は消される。理由は、あなたがたヨーロッパ人にとっては蟬そのものが馴染みが薄く、夏という季節の連想に結びつかないばかりか、ノイズにしか思えなかったりするから」

説明を聞くうちに、ニコラのなかでひとつの可能性が浮かびあがってきた。

「なるほど」ニコラはつぶやいた。「ペピエマン・デ・シガルか」

ジャコブが妙な顔をした。「蟬の声（ペピエマン・デ・シガル）？」

「航空学校で習ったろ？　側部のマウントが破断するなどしてエンジンの振動が増すと、

蟬そっくりの音が生じる。振動がエンジン内部の隔壁の金属疲労をもたらすので、飛行をつづけるうちに故障につながる……。そうだな？」

「ええ」と女はいった。「ペピエマン・デ・シガルによって生じるノイズは、周波数も蟬の声とぴたり一致し、辺りの生態系にまで影響を与えることで知られています。鳴く蟬はオスばかりですから、メスがそのノイズをオスだと思い、惹き寄せられるんです。この凹部にとまっている蟬はメスばかり、しかもやや赤みが強いので、リュウキュウアブラゼミです。奄美大島より南、沖縄本島にいる種類です」

「どうして那覇基地だとわかったんだね？　沖縄の蟬がとまっていたというだけなら、宮古島分屯基地の可能性もあるだろう？　しかも昼過ぎに飛び立ったことまで……」

「リュウキュウアブラゼミは宮古諸島から南にはいません。また、アブラゼミが鳴きだすのは午後からなので、これらの蟬がとまったのは昼過ぎだとわかります。それと、那覇基地の滑走路は民間と共用なので午前中は旅客機の離着陸が多く、タキシングが難しいでしょう。在日米軍経由で友好国の軍用機が招かれた場合、昼休みの時間にエプロンを貸与されることが多いですから」

そんなことまで知っているのか……。

唖然としながらニコラはつぶやいた。「わが軍の整備士たちが、揃ってエンジンの不調に気づかなかったわけか」

女はうなずいた。「エプロン脇の森林で蝉の合唱が起きていたことは察しがつきます。耳慣れない蝉の声にまぎれて、ペピエマン・デ・シガルが発生していることに気づかなかったことは、致し方ないといえるでしょう」

おそらくそうだろう。だがそのミスによって、俺たちは命を失うところだった。

それにしても、なんという慧眼、知識、洞察力と推理力だろう。たぶん彼女は自衛隊の関係者、それも幹部クラスに違いない。しかも……。

「地上から蝉を視認できたということは」とニコラはいった。「あなたもパイロットだね？」

なぜか女の表情がわずかに曇った。「昔のことです。いまは違います」

「ほう。陸上自衛隊にヘリを操縦する女性自衛官が何人かいると聞いたが、きみもそのうちのひとりかね？」

女は黙りこくった。視線が逸れる。質問を受けることを拒んでいるかのようなしぐさだった。

踵をかえし、ガヤルドに向かって歩きだしながら、女はいった。「この飛行場は運休中なんですけど、地権者さんには防衛省を通じてきちんと説明してもらいますから、お気になさらないでください。それから警察のほうにも弁明してもらって、マスコミ攻勢などのご迷惑がかからないようにしておきます。たぶん、近隣住民か国道を通りがかったドライバーが、もう通報しているでしょうから」

「あ」ドミニクが緊張した面持ちで進みでた。「あのう、僕は、ドミニク・ベランジェ少尉です。通信士です。よろしく」

「よろしく」女は微笑を浮かべた。「少尉」

女のほうも名乗ることを期待していたのだろう、なんの返事もなかったので、ドミニクは困惑したようだった。

ジャコブがそんなドミニクを横目で見て笑った。それから女に目を移すと、ジャコブはたずねた。「われわれはどうすれば?」

「浜松基地に連絡しておきます」女はガヤルドのドアに手をかけた。「すぐに迎えが来るでしょう」

やはり幹部自衛官か。非番なのかもしれないが、どうして身分を明かしたがらないのだろうか。

素朴な疑問が頭をかすめたが、これだけ世話になっておいて、不平を言える立場ではない。彼女は、命の恩人なのだ。

ニコラは女にいった。「心から感謝するよ。フランス軍を代表して礼を申しあげる。ありがとう」

「どういたしまして」女はドアを開け、クルマに乗りこもうとした。

「ああ、もうひとつ」とニコラは呼びとめた。

女は静止して、ニコラを見つめてきた。

「そのう」ニコラは告げた。「あなたが軍事関係に詳しいことはよくわかったが、われわれが今回来た目的は知らされていないんだろう？」

「ええ。もちろん」

「じゃあ、拳銃(けんじゅう)を携帯している私を野放しにしておいていいのかね？　この国に招かれる友好国の兵士は、特殊な場合を除き、武装を解くことが義務づけられているはずだが」

女はにっこりと笑った。

「だいじょうぶです」と女はいった。「あなたは信用できる人です。嘘もついていない」

「なぜ……わかるんだね。いや、あなたを疑っているわけじゃないんだが、情報の漏洩(ろうえい)が心配でね……」

「それも心配いりません。あなたを信頼できると思ったのは、頬筋が一瞬たりとも左右非対称にならなかったからです。じゃ、お気をつけて」

女はそういい残すと、ガヤルドに乗りこんでドアを閉めた。輸送機のエンジン音と蟬の声を掻き消すぐらいの轟音とともに発進し、軽いクラクションとともに、滑走路を敷地外へと走り去っていった。

砂埃を吹きあげながら彼方に消えていくオレンジいろのボディを、ニコラは長いこと眺めていた。

やがて、ニコラは呆然としながら、ジャコブ、ドミニクと顔を見合わせた。

「頬筋って？」とドミニクがつぶやいた。

心を閉ざす女

夕闇に包まれた浜松基地の滑走路の果て、富士山のシルエットがうっすらと浮かびあがっている。Ｆ２支援戦闘機はテイルコーンから彗星(すいせい)のように青白い炎の尾をひきながら、轟音とともに飛び立っていく。

代わって、上空を旋回していたＭＵ２救難捜索機が着陸態勢に入る。その寸分の無駄もない動き。長さ二千五百五十メートル、幅六十メートルの滑走路を余すことなく用いて、十三もの多様な部隊の機体が離着陸を繰り返す。その効率のよさは日本人の思考そのものだった。

まったくたいしたものだとニコラは舌を巻いた。軍の運営においてもゆとりを重んじるフランス人には、太刀打ちできない芸当だ。

巨大な格納庫の扉の前にたたずんでいるニコラのもとに、ジャコブがぶらりと戻ってきた。「まいったよ。どこもかしこも塵(ちり)ひとつ落ちてない。基地というより自然公園だな。

ドイツ人並みに神経質な国民性だ」

「おかげでエンジンも調子を取り戻した」ニコラは、格納庫内の輸送機を眺めた。「たいした連中だよ、あの民間飛行場に駆けつけてエンジンをいじって、たちまち復旧、ここまで飛ばして整備までやってくれてる」

「わが軍の整備班は出る幕なしだな」

実際、巨大な輸送機に群がる自衛隊の第一術科学校の面々は、機体のそこかしこに梯子(ラダー)を横付けしてメンテに入ってからというもの、休む暇もなく働きつづけ、いまややるべきこともなくなったとみえて外壁の磨きにまで入っている。内部でも清掃が始まったようだ。

ニコラは首を横に振ってみせた。「週に三十五時間しか働かない俺たちの国の労働者とは雲泥の差だ」

「フランスでもブルーカラーは総じて馬車馬みたいに働かされてるぜ？　仕事以外のことにばかり熱心な輩(やから)は軍関係者ばかりだ。あいつみたいにな」

ジャコフが顎(あご)をしゃくったほうに、ニコラは目をやった。

ドミニクは若い女性自衛官と話しこんでいる。女性自衛官はドミニクに対して笑顔で相槌(あいづち)を打っているようだが、単に気を遣ってのことかもしれない。

「やれやれ、またか」ニコラはつぶやいて、ドミニクに歩み寄っていった。

ドミニクは英語で喋りまくっていた。「それでね、兄貴は秋葉原に行くのかと聞いてきたんだ。いろいろ新製品を物色してきてほしいっていうんだな。俺のいく基地は東京からは遠いって断ったんだけど……」

ニコラは咳払いをした。「少尉」

「あ、ボードレール大尉」ドミニクは悪びれもせずにいった。「こちら、塩川奈津美二等空尉。以前には東京に住んでいたそうなんで、話が弾みまして」

「どこでも真っ先に言葉を交わすのは女性だな」ニコラは奈津美に手を差し伸べた。「部下がご迷惑を」

「いいえ」と奈津美はその手を握りかえした。「楽しいお話をお聞かせいただきました」

「ほらね」ドミニクがにんまりとした。

ジャコブが苦い顔を浮かべる。「ドミニク。日本人はどういう状況でも、楽しかったというんだ。笑顔とともにな。女性ならなおさらだ」

「え？　そうなんですか？」

「塩川二尉」ニコラはいった。「世話になりっぱなしで悪いが、アンノウン・シグマについて早速、意見の交換に入りたい」

「ええ。どうぞこちらへ」と奈津美は踵をかえした。

航空自衛隊の制服に身を包んでいるが、塩川奈津美も昼間に会ったガヤルドの女と同様、一見すると女子大生のようだ。小柄でスマートな体型からは想像もつかないが、どの部署に配属されていようと、入隊前に過酷な訓練を経ているのだろう。

フランス空軍の女性士官とはずいぶん違う、とニコラは思った。わが国では軍人であれば、首の太さは男女ほぼ同じだ。男の兵士にひょろりとしたタイプはいるが、女のほうはむしろプロレスラーと見まごうようなたくましさを備えている者が多い。

奈津美は格納庫内に入ると、整備中の輸送機の後方に向かった。

そこでは三十前後ぐらいの制服組が何人か、仮設の会議テーブルに広げられた図面に群がっていた。

うちひとりが顔をあげて、奈津美と日本語でなにかを話した。それからニコラに近づいてきて敬礼すると、英語でいった。「第一航空団、三等空佐の浅岡慶（アイム・メジャー・ケイ・アサオカ・ファースト・グループ）です。長旅、お疲れ様でした」

「こちらこそ、機体の整備までしていただきまして……」

「あらましは、在日米軍司令部を通じてうかがっております。例の国籍不明機について、情報をお持ちだとか」

「いかにも。国連の安全保障理事会で議決された事項に従い、NATO加盟国を順繰りにまわってきました。それからアジアに来て、あなたがたの国が最後です。よろしければ、荷物をお目にかけようと思いますが……。ハッチを開けていただけますか」

浅岡が険しい声で、日本語の命令を発した。

輸送機の後部ハッチが、重苦しい音とともに開きだす。

貨物室内には、黒光りする戦闘機が一機、両翼を取り外した状態でおさめられている。曲線を多用した近未来的なデザインは、古めかしい輸送機とは対照的だった。

自衛隊の関係者らに、ざわっとした驚きが広がっていく。

馴染みのない、宇宙船のような機体に異様さを感じているのだろう。ニコラにしてみれば、その奇抜な外観にももはや何の意外さも覚えなくなっていた。

「これは」浅岡はゆっくりと歩み寄りながらつぶやいた。「どことなくミラージュ戦闘機の面影もありますが、まるで別物ですな」

「ええ」ジャコブがうなずいた。「ブルゴー＝デュクトレーA4、プロトタイプと呼んでいます。まだ開発初期段階で実用にはほど遠いのですが、いわゆるアンノウン・シグマの目撃情報を総合すると、この機体に酷似しているという見方が有力でして」

「実用に至っていないということは、飛べるわけではないんですか」

「その通りです。設計段階の模型を除けば、初めてチタンで外壁パネルを構成したこの試作品以外、実際に組み立てられたものはありません。これもエンジンと電子機器部品の大部分は既製品を積んでいて、満足のいく飛行結果をだせるしろものとはいえません」

「ふうん、なんとも異質な形状ですな。まるでエイのようだ……」

奈津美が眉をひそめた。「ウィンドウがありませんね。というより、コックピットはどこですか？」

ニコラは思わずジャコブと顔を見合わせ、笑った。情報がまだ伝わっていない国では、この機体をお披露目した瞬間の反応はどこも似たり寄ったりだ。

ところがそのとき、予期せぬことが起きた。

控えめな女の声が告げた。「UAVです。いわゆる無人機、遠隔操作するタイプです」

奈津美の発言ではなかった。決して声を張っているわけではないのに、周りの全員の注意を惹きつけ、沈黙に至らせてしまう。そんなふしぎな力を持った声の響きだった。

いっせいに振りかえった自衛官たちの視線の先に目を転ずると、ニコラは愕然とした。

そこにたたずんでいたのは、あの昼間会ったガヤルドの女だった。

数時間前にはTシャツにデニム、スニーカーといういでたちだったその女は、黒のレディススーツに着替え、一見して落ち着き払った印象にさまがわりしている。ずいぶん若く見えたルックスも、いまは年齢相応に二十代後半という感じだ。

呆気(あっけ)にとられていると、浅岡が女を紹介した。「岬美由紀(みさきみゆき)、元二等空尉(ファースト・ルテナン)。現在は臨床心理士に転職していて、いまは特別にアンノウン・シグマの出没パターンに関する心理学的見地からの分析を手伝ってもらっています」

「心理学的……分析？」

岬美由紀は無表情のまま、ぼそりと告げた。「臨床心理士は休職中なので」

奈津美がニコラに説明してきた。「アンノウン・シグマが各国の領空を脅かしている現状にあって、誰が何の目的で、どのように機を操っているかを推理する専門家が必要です。パイロット経験のある岬元二尉なら、その心理分析にも信用がおけるというのが防衛省の判断です」

それはわかる。しかし、休職している理由はなんだろう。そもそもなぜ、臨床心理士などに転職したのか。

疑問がよぎったが、それを問いかけるのを阻む空気が蔓延(まんえん)していた。誰よりも岬美由紀自身が、いっこうに感情を表にだそうとしない。あらゆる馴れ合いを断ち切ろうとする頑固さだけが覗(のぞ)いていた。

困惑しながらも、ニコラは美由紀にいった。「さっきはどうも……」

「失礼をお詫(わ)びします、大尉」と美由紀は告げた。「アンノウン・シグマに関することで日本においでになったとは、知らなかったので」

浅岡が口をはさんだ。「機密事項だったからな、仕方がない。岬元二尉があなたがたの輸送機を救ったのは偶然で、彼女は基地に来る途中だったんです。アンノウン・シグマのパイロットに関する推論を、聞かせてもらう予定でした」

美由紀は事務的な言葉づかいでいった。「アンノウン・シグマが無人機だとご報告申しあげようとしたら、ちょうどフランス軍からそれを裏付ける事実が運ばれてきたわけです」

「しかし」浅岡は機体をしげしげと眺めた。「無人機なんて。まだ遠い未来の話だと思っていたが」

「そうでもありません。戦後すぐに研究が始まり、一九六〇年代にはドローンと呼ばれ、七〇年代には遠隔操縦機（ＲＰＶ）、現在はＵＡＶです。単なるラジコン機ではなく、人工知能による自動操縦が限定的に可能になったことで、Unmanned Aerial Vehicle の名が冠せられたんです。湾岸戦争ではすでに、多国籍軍側が複数のＵＡＶを投入しています」

「ＦＱＭ１５１Ａポインターや、ＢＱＭ１４７Ａエクスドローンだろう？　そのあたりなら知っているが、せいぜい赤外線前方監視装置（ＦＬＩＲ）とカメラのついた偵察機どまりだったはずだ。推力もプロペラ、見た目もグライダーかセスナといったところだ。しかし、こいつは……もっと高度な駆動性を持っているんだろう？」

「仰るとおりです」美由紀も機体の前部に近づいていった。「米軍のUAV開発構想はすでに階梯Ⅲの段階で、マイナス高高度滞空UAVであるロッキード・マーティン社製VZブライアンが近々、アメリカ本国の基地に配備予定です。全長わずか四・五メートルの円盤形で、この機体と共通するフォルムです。さらにこれは、米海軍が開発を要請している垂直離着陸性能を備えているようです。あの可動式の噴射ノズルは、真下にも向けられるみたいですし」

ニコラは圧倒される一方だった。「驚いたな……。転職したわりにはよく知ってる」

美由紀はにこりともしなかった。「同型機が複数、飛んでいるところを見ましたから」

「なんだって？　飛んでいるのを見た？」

「マリオン・ベロガニア事件で、カリブ海上空で米軍の攻撃機部隊に参加していました」

ドミニクが目を丸くした。「マジかよ……。あのときの攻撃機っていえば……」

「F15」浅岡がさらりといった。「岬は女性自衛官初の戦闘機パイロット、いわゆるイーグルドライバーでね。F15DJの操縦桿を握ってた」

「昔の話です」と美由紀はつぶやいた。

戦闘機乗りか。ニコラは衝撃を受けた。道理で、機体に張り付いた蝉を瞬時に見て取り、ガヤルドで輸送機と併走などという離れ業を演じられたわけだ。

イーグルドライバー。マッハ二で空中戦のしのぎを削る世界。ひと握りのパイロットにのみ与えられる栄えある称号。彼女は、そんな選ばれし者たちのひとりだった。

だが美由紀は、みずからの功績を誇りたいわけではなさそうだった。むしろ話題にされたくないと思っているかのように、さばさばとした態度をとった。「マリオン・ベロガニアが操っていたUAVの編隊は、VZブライアンの量産型モデルを軽量化したうえで、武装を施し攻撃機としての特性を高めたものでした。操縦は人工知能によって統合的に制御されていましたが、わたしの見たところ、あれはディズニーシーのアクアトピアという乗り物と同様、GPSによる座標を単純なアルゴリズムで各機に割り当て、互いに接触したり衝突したりしないようプログラムされた物にすぎないと思います」

奈津美が美由紀を見た。「アンノウン・シグマはもっと複雑な飛び方をしているようだけど」

「ええ」美由紀はニコラを振りかえった。「このプロトタイプの機体は、コックピットが遠隔地に存在して、パイロットがモニターを観ながらそれを操縦すると、指令が実機に無線で飛んでコントロールできるというものですね？」

「ああ……」

「おいニコラ」ジャコブが鋭くささやいた。「しっかりしろ。制御方法まで明かすことはないだろう。国家機密だ」

美由紀は告げた。「認めていただかなくても結構です。ウィンドウがあるはずの位置にカメラがずらりと並んでいるので、それ以外は考えられません」

ジャコブはむっとして、しらばっくれた。「コックピット型の遠隔操作装置かね？　そんな物、見たことも聞いたことも……」

「おありです。表情をみればわかります」

「表情って……？」

説明を受けるまでもなかった。ニコラはジャコブに耳打ちした。「Senrigan（センリガン）だ」

「……センリガン？　彼女が？」

「ベロガニアの事件に首を突っこんでいたんだ、間違いない」

元戦闘機乗りの女性自衛官が、精神科医のようなものに転職した結果、持ち前の動体視力と心理学の知識が結びついて、相手の微妙な表情の変化を一瞬で見抜けるようになった。そういう突拍子もないニュースを、以前に耳にしたことがある。日本語で千里眼、すなわち何もかも見抜く不可思議な力に喩（たと）えられて、そんな渾名（あだな）で呼ばれる女。ほかにも数多くの犯罪を暴き、事件を解決に導いてきたはずだ。

命を救ってくれたのは、あの有名な千里眼の女だったか。

「察するに」ニコラはいった。「マダム・ミサキはきみのこわばった顔を見て、嘘をついているると見抜いたんだろうよ。ジャコブ」

「こわばっていただと？　俺の顔がか？」

美由紀がうなずいた。「正確には下瞼(まぶた)の緊張です。〇・三秒ほどですが、たしかに見て取れました」

絶句するジャコブに、ドミニクがおどけたようすできいた。「以前の話、もう一度尋ねても？　アンジェリークの前にもつきあっていた女がいたんでしょう？」

「やめろ」とニコラはドミニクを諭してから、美由紀に向き直った。「失礼。……われわれにとっても、心を読まれるのは初めての経験でね。どんな顔をしてどういうふうに接したらいいか、ちょっと戸惑うよ」

仏頂面の美由紀が見かえした。「そのままでかまわないと思います。読心術などという非科学的な理論ではなく、ただの観察にすぎませんから。そもそも、人は自分が思っている以上に、嘘はばれているものです」

「……ごもっとも」

なぜか妻の顔が目の前に浮かんだ。思っている以上に嘘はばれている、か。これまでの妻とのやりとりを思い返すだけでも冷や汗ものだった。

「岬」浅岡がきいた。「アンノウン・シグマもこの機体と同様に、どこかにパイロットがいて、遠隔操作で操縦しているというのか？」

「そうです。各国に出現したアンノウン・シグマの目撃記録を読みましたが、セミアクティヴ・ホーミングでロックオンされたミサイルを力業で振り切るほどのアクロバット飛行を可能にしていることから、UAVであることは間違いありません。ただし、人工知能による制御ではなく、熟達したパイロットがシミュレーターのようなコックピット型の操縦機に座り、ラジコンで操っているんです」

「どうしてそういえる？」

「いただいた資料によれば、アンノウン・シグマは各国を領空侵犯した際、それぞれの国の空軍と空中戦を演じています。追尾されると、それを振り切って背後にまわりこみ、逆に威嚇してくるのが常です。そして標的に逃げられそうになると、アンノウン・シグマはたいてい垂直バレル・ロール・アタックに入ります。つまりオーバーシュートしそうになったとき、敵の旋回とは逆方向にロールをかけつつ、垂直に急上昇するんです」

「そんな過激な動きがとっさに可能になるからには、コンピュータ制御かもしれないだろう？」

「いいえ。アンノウン・シグマは水平ロール・シザーズや高速ヨーヨーが可能な局面でも、たいてい垂直バレル・ロールを選びます。垂直バレル・ロールにおいては、機体にかかるGは決して一Gを超えることはありません。姿勢の変更は一貫して滑らかなものだからです。すなわち、パイロットは遠隔操作であるのに、たびたび実機の操縦と錯覚して、自分の身体に負担を与えない操縦をしがちになるんです」

ニコラはうなずいた。「考えられる。この機体の離陸実験でも、コックピット型操縦機でパイロットがしきりに姿勢を変えて、Gに備えようとしてしまうんだ」

浅岡は唸（うな）った。「実戦経験のあるパイロットが操縦桿を握っているも同然なわけか。対処法は？」

美由紀がいった。「錯覚が起こりがちであっても、実際にはGを感じない操縦席にパイロットがいるわけですから、空中戦になるとどの国の空軍もあきらかに不利です。スタミナの面でも向こうが有利でしょう。むしろジャミングによってUAVへの無線電波を断つとか、電子戦の研究が有効になるでしょう」

「なるほど。直接渡り合うのを避けて、敵のコントロールを絶つことに重きを置くわけか。有効かもしれんな」

奈津美もクリップボードにペンを走らせた。「在日米軍司令部に進言しておきましょう」

日本の電子機器は進んでいる。その種の企業の協力を得れば、ジャミングの手段もいくつか編みだせるかもしれない。

もっともそれは、あくまで試す価値があるというだけのことだ。有効性については保証はない。というより、おそらくはそんな簡単な方法では撃退できないだろう。

アンノウン・シグマ。世界各国を震撼(しんかん)させた空の脅威。国連では、新種の鳥インフルエンザ・ウィルスの大流行(パンデミック)の危機を超える由々しき事態として、安保理で連日のように対策案が話し合われている。

友好国どうしが相互に疑心暗鬼になり、警戒を強めざるをえない。それがいまの世界を取り巻く実状だった。このUAVを運んでの世界行脚も、そういう不安定な情勢においてフランスが潔白であることを証明する、いわば弁明の旅でもあった。

しかしここに、嘘を見抜けるという噂の女がひとり存在する。心のなかを覗(のぞ)くことができれば、いま世界を覆う暗雲もたちまち振り払えるのではないか。

ニコラは美由紀を見つめた。「率直に意見を聞きたいんだがね。ええと、岬さん。アンノウン・シグマを飛ばしているのはどこの国かね?」

美由紀は表情を変えなかった。「わたしには判りかねます」

「しかし、顔を見て偽装を看破できるんだろう?」

「テレビで発言している各国の政治家に嘘つきがいるかどうかという意味なら、誰もがそれに該当します。いつも下瞼が緊張していて、本当のことをいわないケースが多すぎるので、アンノウン・シグマの件だけに限って真偽を見抜くのは不可能です」

「それはそうかもしれないが……」

浅岡が割って入った。「ボードレール大尉。申しわけないが、岬元二尉にはあくまで民間人として意見を求めただけだ。それも臨床心理士としてパイロットの心理に関する報告書を届けてもらっただけで、いわゆる千里眼の技能に期待したわけではない。アンノウン・シグマはまだわが国には飛来していないが、出現したとしても対処するのはわれわれの仕事であって、岬の手を借りるわけではない」

間髪をいれずに美由紀が頭をさげた。「ご報告できることはすべて申しあげました。では、失礼します」

踵をかえす動作には、さすがに幹部自衛官だったころの面影がのぞく。きびきびとした足取りも、臨床心理士という職種にそぐわない。

けれども、覇気は感じられなかった。どこか翳のさした横顔。憂鬱そうに床に落ちた視線に、心の闇が垣間見えている。

歩き去る美由紀を見送りながら、ジャコブがつぶやいた。「彼女が日本の進んだテクノロジーの生んだ二足歩行ロボットだと聞いても、俺はそんなに驚かんよ」

「ええ」ドミニクも肩をすくめた。「無表情に無感動。日本の女性に特有の笑顔とやらはどこです？　感情を家に置き忘れてきたみたいだ。臨床心理士はカウンセリングが仕事でしょう？　あれで務まるんでしょうか」

するととき、奈津美が物憂げな顔でささやいてきた。「仕方がないんです。彼女も以前はあじゃなかった」

「以前？」ニコラは奈津美にきいた。「そういえば臨床心理士を休職中というのは、なにが理由なんだね？」

「プライバシーに関わることですので……。岬元二尉について、これ以上お尋ねになることはどうかご遠慮ください」

「つれないな。いったい何があったというんだ？」

「……彼女は、とてつもなく辛い目に遭ったんです」奈津美はいった。「世の中のすべての人々に対して、心を閉ざさざるをえないほどに」

真実の重さ

身動きひとつとれない。

美由紀は、反応しない全身の筋力を呼び覚まそうと躍起になった。

横たわったまま瞼(まぶた)を開けることもできない。指一本動かすこともかなわない。

全身麻酔のせい……。わたしは脳震盪(のうしんとう)を起こし意識不明に見えているらしい。けれども、事実はちがう。

わたしには意識がある。周りの音も聴こえている。

女の声がいった。「ほら、立ちなさいよ」

それは、美由紀に向けられたものではなかった。ふたつ年下の友達、雪村藍(ゆきむらあい)が声を押し殺して、泣いているのがわかる。

女は、藍に危害を加えようとしている。

「岬美由紀が全身麻酔で動けないのは知ってるわよね？　聴覚もちゃんと機能してる。悲鳴を聞かせてあげたら？　さぞ辛いでしょうからね」

　嗚咽が途絶えた。藍が涙を堪えているらしい。

「へえ」女の声がした。「泣いているのをお友達に悟られないようにしようっての？　偉いわね。でも馬鹿げた考えよ」

　目を開けることができない美由紀は、何者かの接近する気配を感じた。女は、藍の顔を強引に美由紀に近づけてきた。

「泣けよ」と女が怒鳴った。「泣き声を友達に聞かせな！」

　藍の震える嗚咽が漏れてきた。

　美由紀は頬に、水滴が降りかかるのを感じた。藍の流した涙に違いなかった。

　怒りがこみあげる。この女め。わたしの友達にひどいことを……。

　室内にはほかにも人がいる。それも、大勢がひしめきあっているようだ。

　相模原団地の住民たち。だが誰も救いの手を差し伸べない。全員が敵だった。

　わたしと藍は孤立無援。しかもわたしは、起き上がることすらできずにいる……。

　なんとか目を開かねば。藍を助けなきゃ……。

　全身に力をこめようとしたとき、ふいに痙攣が起こり、美由紀は身体をのけぞらせた。

　今度は、目が開いたままになった。眼球が乾きだし、痛みを覚えても、瞬きもできない。

また別の泣き声がする。藍ではない。

もっと幼い声だ。幼女たちの泣きじゃくる声。

目の前に稲光が走った。暗闇の世界が瞬時に照らしだされた。

青白く浮かびあがったのは、榛名富士の麓にある地獄絵図だった。

檻のなかに閉じこめられた年端もいかない幼女たち。わたしたちはそのなかにいた。

いまは、ひとり引きずりだされて、粗末な小屋のなかにその身を投げだしている。薄汚い和室。畳に仰向けに寝かされていた。

馬乗りになった男が、その醜悪な顔を近づけてくる。両手を伸ばし、美由紀の首を絞めつけてきた。

「俺は静かなのが好きでな」仁井川章介が、荒い鼻息とともにいった。「騒いだら、フクロウの檻のガキどもをひとりずつ撃ち殺す。おとなしくしてたほうが身のためだ」

「やめてよ」思わず悲鳴をあげて、美由紀は男の手を払いのけようとした。「やめて！」

目が開いた。

そう、いままでわたしは瞼を閉じていた。つまり、すべては夢だった。

薄暗い部屋。でも、馴染みのあるわたしの部屋、その天井……。

ところが、本当の恐怖はそこからだった。

部屋がずいぶん広い。天井もやけに高い。

心拍が激しく波打っているのがわかる。と同時に、身体が仰向けになったまま、落下していく感覚があった。

そんな馬鹿な。わたしはベッドに寝ている。マンションの五階といっても、床がすべて抜けてしまうはずがない。落ちるわけがない……。

にもかかわらず、天井が遠のいていく。いや、距離が生じているわけではない。むしろ視界に映るものすべてが、どんどん拡大の一途を辿っている。

部屋が大きくなっていく。八畳のサイズの寝室が、ホールのように巨大化していく。天井に下がった照明が異常なほど膨れあがって見えた。元はその球体の直径は二十センチほどだったはずが、いまや十メートルを超えようとしている。

なにもかもが肥大化した。あるいは、わたしが縮んでしまったのか……。

美由紀は、身体が動くことに気づいた。もう金縛りは解けている。

これは夢ではない。わたしの目は覚めている、それもはっきり自覚できる。ただし、異常な事態が発生していることはたしかだった。

そうだ、この経験は初めてではない。毎晩、悪夢から目を覚ますたび、この不可思議な状況のなかにいる。

　上半身を起きあがらせた。

　ベッドに座っている自分の身体は、信じられないほど大きかった。足は十メートルも先に見え、つま先から踵までも五、六メートルほどもあるように見える。

　靴を探すのが大変……。美由紀は心のなかでつぶやいた。

　思考はいたって冷静だった。そうであるがゆえに、事態の異常性がはっきり認識できた。わたしはおかしくなっている。なにもかもが大きくなっている。しかし、そんなことはありえない。知覚が正確に機能していない。わたしは……。

　心拍の速さに比べ、聞こえてくる置時計の秒針の音は、恐ろしくゆっくりと時を刻んでいた。身体を素早く動かしているはずなのに、視界に映る自分の腕の動作は緩慢としている。

　時の流れが異常だ。周りが大きくなったのか、わたしが小さくなったのか。いずれにせよ、恐怖とともにその事態に拍車がかかっていく。照明はもう太陽のように巨大になった。壁が遠ざかる。霞の向こうに消えていくほどに……。

「やめてよ」美由紀は自分の声を聞いた。「やめてってば。こんなの嫌。やめて!」

　城壁の門のような扉が開き、巨人が駆けこんでくる。それが雪村藍だとわかっても、身体が小さく見えることはなかった。スローモーションのような足取り、一歩踏みだすごとに地響きがする。

野太い低音、唸(うな)るような声が告げてきた。美由紀さん。

巨人が迫る。美由紀は目を瞠(みは)り、全身を硬直させた。呼吸が荒くなり、酸素を肺に落とすことができない。

息苦しくなり、むせそうになったその瞬間、藍の声が耳に飛びこんできた。「美由紀さん！」

びくっとして、美由紀は震えあがった。鳥肌の立つ思いだった。

藍の声は、いつもと変わらないものに戻っていた。身体の大きさもごくふつうだ。

そんな藍が、不安そうな顔で覗(のぞ)きこんでくる。「だいじょうぶ？」

まだ身体の震えがおさまらない。美由紀は辺りを見まわした。

八畳ていどの寝室。わたしが都内に借りているマンション、４ＬＤＫの一室。照明の大きさも元どおり。天井もすぐ近くにある。

美由紀は自分の両手を見た。指先が小刻みに震えているが、まぎれもなくわたしの手だった。足のサイズもいつもと同じだ。

恐怖が過ぎ去るとともに、寒気を感じた。

仰向けに身体を投げだし、天井を見上げる。

「どうしたっていうの？」藍がささやいてきた。「また発作？」

「……ええ」美由紀は昂ぶった精神状態を鎮めようとした。「でも発作じゃないの。てんかんの感覚発作に見えるけど、違う」

「お薬、持ってくる？」

藍がベッドの脇で腰を浮かせた。

とっさに、美由紀は藍の手をとった。

「待って」美由紀は声を絞りだした。「わたしのことより、藍はどうなの？　怪我はない？」

「怪我って……？」

「酷い目に遭わされそうに……」

美由紀は言葉を切った。

ここはわたしの部屋だ。相模原団地ではない。あの悪意に満ちた住民たちの巣窟であるはずがない。

記憶と認知の混乱に、藍も気づいたようすだった。「美由紀さん。あの事件のことなら、もう何か月も経ってるよ。伊吹さんが駆けつけて、わたしたちを助けてくれたじゃない？忘れたの？」

「……そうだったわね。もう過去のことだった」

ようやくほっとする自分がいた。安堵のため息とともに、身体の力が抜けていくのを感じる。

「藍……は、どうしてここにいるんだっけ……」

「やだ。美由紀さんの主治医の先生が、夜は誰か一緒にいたほうがいいって……」

「ああ、そうだった。藍がしばらくのあいだ泊まってくれるって話だったわね。ありがとう、藍」

藍はため息まじりにいった。「悪夢にうなされて悲鳴をあげて、駆けつけてみると、同じことの繰り返し。わたしがいることに驚いて、理由をきいて、感謝の言葉を口にする。いつも前のことは忘れてるわけ？」

「ええ。ごめんね」

「謝らないでよ。わたし、心の底から美由紀さんのことを心配してるんだし」

そういって、藍は顔を近づけてきた。大きな瞳を見開いて、美由紀をじっと見つめてくる。

かすかに目を潤ませながら、藍はいった。「美由紀さん。わたしがしてあげられることは、一緒にいることぐらい……。早くよくなってほしい。あんなことがあったから、すぐには無理だと思うけど、でも、ずっと力になるから」

「本当にありがとう。だけど、きょうはもう大丈夫みたいだから……」

「駄目」と藍は立ちあがった。「お薬と水を持ってくる。明日もゆっくり休んで、昼から病院にいって」

「けれど……仕事もあるし」

「仕事って、臨床心理士は休職中でしょ？　せっかくのオフなのに、古巣の自衛隊がらみの相談役か何か買ってでるなんて、どうかしてない？　心のケアが大事って、いつも美由紀さんがいってることじゃん」

「緊急の用だったの。仕方なかったのよ」

「とにかく、基地のほうに赴いたりしないで、リラックスすることだけ考えてよ。明日も夜食は、わたしが買ってくるから」

「いいよ、藍。そんなの悪いし」

「遠慮しないでって。会社帰りにスーパー寄ってくるだけだしさ。じゃ、お水くんでくるね」

寝室をでていく藍の背を、美由紀は黙って見送った。

彼女は純粋にわたしの身を案じてくれている。表情を見るだけでそれがわかる。だからこそ、余計に辛い。

わたしの精神疾患のせいで、藍にまで負担をかけてしまっている……。

目が自然に枕もとのサイドテーブルに向いた。

立てかけられた写真スタンドにおさまった、両親の姿。いまは亡きふたり。実の親だと思っていたが、育ての親にすぎなかった。

それでもわたしにとっての父と母は、このふたりだ。わたしには、ほかに親と呼べる存在など……。

しばし写真を眺めるうちに、ひどくいたたまれない気持ちになった。いつもなら、胸にぽっかりあいた空虚さを噛み締めながらも、心に落ち着きを取り戻せる。だが、精神的に不安定ないま、それは不可能だった。

美由紀は両手で頭を抱え、うずくまった。

身体の震えがおさまらない。緊張を和らげようとすると、ふとした瞬間に涙がにじみでそうになる。

もう立ち直れないかもしれない、美由紀はそう思った。わたしには、世の中が見えすぎた。知りたくないことまで知ってしまい、真実の重さを心が支えきれない。いまにも胸が張り裂けてしまいそうだ。

アリス

　朝方のやわらかい陽射しが差しこむ診療室で、美由紀は精神科の主治医と対面していた。美由紀よりもいくつか年上のその白衣の医師は、平山亘といった。痩せた身体つきの控えめな青年という意味では、同僚の臨床心理士の嵯峨敏也によく似ている。実際、平山は嵯峨の紹介だった。精神科医として充分に信頼の置ける人物は、彼をおいてほかにないというのが嵯峨の弁だった。

　薬のせいで、頭がぼうっとしている。思考が鈍い。それでも、昨夜のできごとを話すことに支障はなかった。美由紀は、いつものように悪夢のあとに生じた奇異な幻覚について説明してから、いまの体調を告げた。朝起きてからは、気分も悪くありません。

「そう」平山は小さくうなずいてから、カルテにペンを走らせた。「それにしても、症状が和らがないのが気になりますね。休息は充分にとってますか？　きのう日中に疲れることはしてませんか？」

「あのう……」

平山は美由紀に向き直り、じっと見つめてきた。「まさか、なにか緊張を伴うことに身を染めてはいないでしょうね」

「いえ。そのう。なんていうか……」

「岬さん。あなたのご高名はよくうかがっております。表情と感情の相関関係について書かれた論文も拝読しましたし、実際、表情の観察においては右にでる者もいないでしょう。私が純粋に、患者であるあなたの身を案じていることもわかっていただけますね」

「ええ。それははっきりとわかります」

「なら、口を濁さずになんでも腹を割って相談してください。あなたは人が心に秘めていることを見抜けますが、ご自身が隠しごとをなさるのには向いていないようだ。さっきからずっと、下瞼が緊張してますよ」

「……そうですか？　ああ、そういえば、そうかもしれませんね」

「休職中に何をなさっているんですか？　具体的でなくてもいいから、話してください」

美由紀は戸惑いがちに黙りこんだ。

防衛省の依頼で民間人アドバイザーとして基地に出向したことを、打ち明けられるはずもない。

きのうのことに限らず、わたしの行いは他言できないことばかりだ。メフィスト・コンサルティング・グループとのあいだに生じる数々の軋轢、彼らが歴史の陰に暗躍する幾多の事実、それらの陰謀を阻止するために奔走した日々。ソマリアでの出来事も、外務省の判断で極秘扱いとされた。

すべてを明らかにできたら、どんなに楽だろう。心のなかに溜めこんでいることを吐きだせればどれだけストレスを軽減できるか、臨床心理士としてあるていどの想像はつく。それでも、言葉にはできない。すべては、わたし独りの抱えこんだ宿命でしかない。人を巻きこむわけにはいかない。

「ごめんなさい」美由紀は泣きそうになるのを堪えながらいった。「平山先生は信頼の置ける方だと思ってます。けれど、打ち明けることはできない……」

「……そうですか。いえ、無理にとは申しません。岬さん、あなたがこれまでに話してくれたことだけでも、精神疾患を引き起こす充分な理由となりえます。ご両親の実情や、ご自身の境遇について真実を知りえたときのショックはとてつもなく大きかったでしょう。これは私の推測ですが、おそらくあなたの精神疾患の直接の原因はそのあたりのことであり、あなたが秘密にしておられる昨今の事情は、症状に拍車をかけるものでしかない。だから、あなたが今後、ご両親および幼少のころのことを受けいれられるかどうか、快復はその一点にのみかかっているといっても過言ではないでしょう。いかがですか?」

「ええ……。わたしもそう思います」

「それで」平山はカルテに目を落とした。「このところあなたが毎晩のように経験される異常な錯覚についてですが、私の見解では……」

「不思議の国のアリス症候群。でしょう?」

平山は目を丸くした。「これは驚いた。こんな稀な症状をもご存じだとは」

「近頃の臨床心理士は、認知心理学から精神医学までも知識の守備範囲とせねばならないので……。奇妙な話、錯覚にとらわれながらも、その症状だということに気づいていました。でも知識があっても、それで錯覚が和らいだり、症状に伴う恐怖や不快感が薄らいだりするわけじゃないんですね」

「それは精神科医のわれわれもよく実感することです。自律神経失調症や不眠症、気分障害になっても、頭ではその症状を自己診断できていながら、自分ではどうすることもできない。結局、ほかの医者の世話になるだけです。あなたもいま、その状態にあるのかもしれませんね」

童話の『不思議の国のアリス』の主人公が体験するファンタジーと同種のことが起きる精神疾患を、一九五五年にイギリスの精神科医トッドが症候群として報告した。

身体像の奇妙な変形。視界に映る物体の大きさ、距離、位置に関する錯覚的誤認。空中浮揚の錯覚的感覚。時間経過感覚の錯覚的変化の四点がその特徴とされた。

平山がいった。「ほかにも離人感、疎隔体験、身体心理的自己二重感などが生じるといいます。岬さんもいま錯覚という言葉をお使いになりましたが、たしかにこれらは錯覚であって幻覚とは異なります。見えているものは事実であり、ただそのとらえ方に歪みが生じるのです」

「自分が大きくなったと感じたときには小視症が生じていて、逆に小さくなったと思えたときにはその逆かもしれない。少なくとも、そんな実感があるの」

平山は苦笑に似た笑いを浮かべた。「すべての患者さんがあなたと同じ知識を有していたら、私たちの仕事も楽になるんですが」

美由紀はつられて笑った。「そうですね」

「症状はどれくらい持続しますか？」

「果てしなく感じられるけど、実際の時間は十分ぐらいかな……。昨夜は友達が声をかけてくれたから、すぐにおさまったけど」

「すると、睡眠中に見る夢と同じように、外的刺激によって覚醒し元に戻ることもありえるわけですね？　眼科の領域では、大昔から末梢性由来の後退視の例が報告されています。

ヒステリー症状に由来するという意見が大半ですが」

「それは違うと思います。わたしの実感したところでは、思考はふつうに働いていたし、むしろ冷静だった……。悪夢のなかとは違ったんです。頭頂連合野にのみ異常が生じているのだと思います」

「たしかに、その部位は網膜からの視覚だけではなく、眼球運動の信号、体性感覚、前庭からの入力もおこなわれていて、それらを総合して自分を中心とした三次元的な環境の把握に至ると考えられます。ここが狂うと……」

「ええ。脳内の空間視の連合野でつくられるはずの距離感がでたらめなものになり、物が大きく見えたり小さく見えたりする。そういうことだと思うの」

「岬さん。それだけ自己分析できるならお判りと思いますが、これは脳内の局在的な病変です。脳とは神経シナプスの結合により複雑な回路で構成されたコンピュータのようなものですが、あなたの場合はうつ病に端を発し、その回路の一部が別の結合に再構成されてしまい、疾患に至ったと考えられるでしょう。だから症状そのものを恐れる必要はありません。要は、原因を取り除くことです。抗不安薬を摂取されながら、穏やかな日々を過ごされることです。その生活習慣によって、回路はふたたび健全な状態に戻ります」

「穏やかな日々、ですか」

「そうですよ。どうも私が見たところ、臨床心理士を休職にしたのでは、あなたはかえって緊張の伴う仕事に首を突っこんだりしがちのようだ。違いますか？」

「は、はあ……。まあ、どうでしょうか」

「ご自身で嘘をつくのは苦手みたいですね、顔に書いてありますよ。とにかく、古巣の防衛省がらみのお仕事はお受けにならないことです」

「……どうしてわかったんですか？」

「誰でも察しがつくと思いますよ。あなたの名前を新聞記事で一度でも目にした人間ならね」

「なるほど……。けれど、それならわたし、本業に戻りたいんですけど」

「臨床心理士に？　いますぐは無理です。ご自身でもよく判っておいででしょう？」

「そこをなんとか、お願いします。臨床心理士会事務局に、職場復帰可能とお伝え願えませんか」

平山は渋い顔をした。「あなたがそんなことを頼んでくるなんて……」

「お願いです」美由紀は切実にいった。「じっとしていることなんてできません。誰かの役に立っていなければ、わたしは存在しないのと同じです。一日に一件だけでもカウンセリングができれば……。どうか、お願いします」

美由紀が頭をさげると、平山は困惑を深めたようすで腕組みをした。

「うーん」平山はしばし悩んでいるようすだったが、やがて膝をぽんと叩いた。「わかりました。本格的な復帰ではなく、職場のお手伝いをするということなら、私から進言しておきましょう。それでいいですか」

「はい」美由紀は思わず笑った。「ありがとうございます、平山先生」

いまのわたしは、むしろ自分がカウンセリングを受けねばならない立場だ。それでも、引き籠もってばかりはいられない。

後輩の一ノ瀬恵梨香はかつて、ドリトル現象を発症しておきながら、みずからの知識でそれを受けいれ、みごとに乗り切ったと言っていた。それならわたしも、この奇妙な精神疾患を飲みこみ、強引にでも健全な自分を取り戻さねばならない。

世に役立ってこそわたしの存在意義がある。一日でも、壊れていたくなんかない。

診療を終えた美由紀は、薬の処方箋を受け取るために待合ロビーに向かった。

総合病院のロビーは、年末年始の空港ほどに混み合っていた。電光掲示板に表示された番号は、美由紀の手にしたカードの番号にはるかに届かない。

いつもどおり、きょうも小一時間ほど待たされることになりそうだ。美由紀はため息をついて、空いている椅子を探した。

番号を呼ばれた老婦が立ちあがるのもおっくうそうだったので、美由紀はそっと話しかけ、手を貸した。老婦は何度も礼をいい、杖(つえ)をついて窓口に向かっていった。

患者のほとんどは高齢者だが、わざわざ窓口に並んで支払いを済ませるこのシステム自体、おかしなものだった。病院だというのに、健康であることが前提とはどうかしている。

さっきまで老婦が座っていた席が空いている。周りを見まわしたが、近くに立っている患者はいなかった。美由紀はその席に腰を下ろした。

すぐ近くに大画面のハイビジョン液晶テレビがあった。静寂に包まれたロビーに、テレビ放送の音声が厳かにこだまする。

控えめな喋(しゃべ)り方でＮＨＫとわかる男性アナウンサーの声が告げていた。「……このエジプトで発掘された新たな壁画ですが、ご覧頂いてお判りのように、犬の顔をした神が描かれています。これはアヌビス神といいまして……」

自然に視線が画面に向く。解像度の深い鮮やかな映像で、壁画の一部がクローズアップで映しだされている。

だが美由紀は、その解説の間違いに気づいた。

犬の顔はしているが、色がグレーだ。アヌビスなら黒のはずだった。これはウプウアウト、似て非なる別の神だった。
映像はスタジオに切り替わり、アナウンサーの顔がアップになった。「このアヌビスは、エジプトの神話に登場する冥界の神です。リコポリスの守護神で、アヌビスという名はギリシャ人による命名であり……」

違うってば。美由紀はじれったい気分になった。

アナウンサーの目はカメラに向けられているが、水晶体周囲のチン氏帯と毛様体の状態が、カメラレンズに焦点を合わせているわりにはわずかに緩んでいる。美由紀は一瞬にして、その事実を見てとった。

彼は、カメラレンズよりも三十センチほど向こうの虚空を見つめていることになる。おそらくそこに、原稿を表示するプロンプターがあるのだろう。アナウンサーはそれを読みあげているにすぎない。眼輪筋が収縮していることからも、原稿の内容をまったく疑っていないとわかる。

ということは、番組のディレクターやプロデューサーも間違いに気づいていないのだろう。

これは全国放送だ。そのうち視聴者からクレームがあって、訂正が入るだろう。

気にしないように努めながら、美由紀はテレビから視線を逸らした。

けれども、どうしてもアナウンサーの声が耳に入ってくる。「アヌビスは、ネフティスとオシリスのあいだに産まれた子で、セトに目をつけられるのを恐れ、産まれてすぐ葦の茂みに隠され……」

「もう」美由紀は思わず、小声でつぶやいた。「ウプウアウトだっていってるのに」

ひょっとしてこの時間、エジプト神話にそれなりに詳しい視聴者の数は限られているのだろうか。気づいたとしてもわざわざクレームの電話を入れたりしないのかもしれない。

それでも、もし受験生がこの番組を観ていたらどうなるだろう。間違った知識を得てしまい、世界史の試験で致命的な間違いをして、不合格になってしまったら……。

美由紀は頭を抱えてうつむいた。

些細なことを過剰に気にかけるのは、精神疾患のひとつの特徴だ。わたしはいま、冷静ではない。なんらかの行動の衝動に駆られても、それは決して理性的な判断だとはいえない。

テレビなんか無視することだ。いまのわたしには関係がない。

ところが、待合ロビーにいた痩せ細った青年が目に入ると、またしても困惑が深まりだした。

年齢は十九か二十歳ぐらい。浪人生かもしれない。受験地獄で大変な苦労を背負いながら、勉強をつづける若者たち。彼も、体調を崩してこの病院に来ているのかもしれない。

そんな彼らに、誤った知恵が押しつけられていいものか……。

いてもたってもいられなくなり、美由紀は椅子から立ちあがった。

玄関口をでてすぐ、携帯電話を取りだして１０４にかける。相手がでると、ＮＨＫの代表番号を問い合わせた。

教えてもらった番号にかけている最中に、ロビーのなかをのぞくと、テレビに映ったアナウンサーの表情に戸惑いがよぎったのがわかった。

無表情を装って喋りつづけているが、わたしの目はごまかせない。ほんの〇・二秒ほどだが、視線が横に流れた瞬間、眉毛は下がり下瞼はひきつった。いわゆるカンペによって事実を知らされたのだろう。

「ここで訂正がございます」アナウンサーは苛立ちを抑えたようすでいった。「さきほど壁画に描かれた神をアヌビスとお伝えしましたが、正しくはウプウアウトといいまして……」

ほっとして、美由紀は電話を切った。

同時に、どっと疲れが押し寄せてくる。精神的な疲弊だった。

わたしは何をしているのだろう。人の感情に振りまわされてばかりだ。千里眼だなんて。

こんな技能、失えるものなら失いたい。

ロビーに戻っていくと、またテレビの音声が耳に入ってくる。「次の話題です」とアナウンサーがいった。「海外での新種の鳥インフルエンザ被害が深刻化するなかで、まだ新種ウィルスが確認されていない日本国内でも早期に手を打つべく、厚生労働省は全国の猟友会の協力を得て、いわゆる害鳥などの駆除に乗りだしました」

映像は取材VTRに切り替わった。四十歳前後の浅黒い顔の男が、和室にあぐらをかいて猟銃の手入れをしている。

ちゃぶ台の上には湯呑みとヤカン、湯気をたてているカップ麺の容器がある。日清食品のどん兵衛だった。

商品を映したくないのかカメラがわずかにパンして、どん兵衛の蓋がフレームアウトした。だが、地デジの鮮明な画像は、一瞬であってもその容器をしっかり映しだしていた。そして美由紀にとっては、たったそれだけでも蓋に印刷された表示すべてを読みとることができた。

過剰な動体視力のおかげで、またも余計なことが気にかかる。NHKが特定の商品を映して、クレームは来ないだろうか。

美由紀はため息まじりにつぶやいた。「来るわけないわよ、もう……」

なぜこんな細かいことが気になるのだろう。神経質すぎる。早く精神疾患を治したい。

アナウンサーの声が解説した。「鋳岩宏夫さん、四十二歳。カラスの駆除二十年以上のベテランです」

その顔が大きく映しだされたとき、美由紀は立ちすくんだ。

いかつい顔は真っ黒に日焼けし、頭髪には白髪がまじっている。それだけならば、何も危惧することはない。

しかし美由紀は、その男の表情の奥に潜む別の顔を読みとりつつあった。

また画面が切り替わり、夜になった。暗闇に包まれた田地のあぜ道を、猟銃をたずさえた鋳岩なる男が歩いている。

かなり人里離れた田舎らしい。暗視カメラは、そこかしこに瞬くホタルの光さえとらえている。蛙の鳴く声も響き渡っている。

リポーターらしき人物がマイクを差しだしてたずねた。「ところで、鋳岩さん。最近、猟銃での銃撃事件が多発して、国のほうももっと所持のための審査を厳しくしようとしているようですが」

「私は反対ですね」鋳岩はぶっきらぼうに告げた。「猟友会は人の役に立ってる。カラスを駆除する人間は、現に必要だよ」

「猟のためのプロは必要だと?」

「そう。あくまで、猟のために使うだけだからね」

「銃と弾は別々に保管するように義務づけられていますが……」

「もちろんそうしとる」

嘘……。

美由紀の目は、鋳岩なる男の顔に釘付けになっていた。

この男は、真実を語っていない。極めて危険な存在だ。

わたしは決して騙されない。武器を手にしたとき、大いなる力を得たものと錯覚し、凶暴になりがちなタイプがいる。彼らはやがて凶悪犯罪を引き起こす。鋳岩は、紛れもなくそのうちのひとりとなりうる……。

出すぎたことだろうか。気にしすぎだろうか。いや、そんなことは言っていられない。わたしは確信した。それ以上、疑いの余地はない。迷っている場合でもない。

美由紀は身を翻し、また玄関から外に駆けだした。

さっき聞いたNHKの代表番号にかける。

呼び出し音のあと、女性の声が応じた。「NHKです」

「あのう、すみません。いま放送している番組なんですけど」

「はい？」

「鋳岩さんっていう人が……猟友会の猟師さんが映っていたんですけど、どこに住んでいらっしゃるかわかりますか？」

「……そういうことは、こちらではちょっと……」

「番組の担当デスクがあるでしょう？ そちらにまわしてもらえませんか」

「失礼ですが、どちらさまでしょうか」

美由紀は言葉に詰まった。

名乗りをあげたら、また面倒なことになる。マスコミに関わるのはもううんざりだった。でも、このまま捨て置くわけにはいかない。

「ええと」美由紀はいった。「そのう、一視聴者です」

「情報は、番組のなかでお伝えしておりますので……」

「いいえ。鳥インフルエンザ対策のためのカラス駆除という情報の一環として、ひとりの猟師が取材を受けているにすぎないんです。だから番組のなかでも、どこの猟友会でどんな人なのか、詳しくは伝えてません。けれど、どうしても知らなきゃならないんです」

女性の声は怪訝な響きを帯びだした。「お知りになりたい理由というのは……？」

正直に話したところで、わかってもらえるはずもない。いままでも何度も経験してきたことだ。

それでも、嘘はつきたくない。わたしは、感じたままのことを打ち明けるしかない。

「聞いて。突拍子もない話に聞こえるかもしれませんけど、世の中には武器を手にしただけで、喜びに浸る人種がいます。暴力的な願望が潜在的にあって、武器によって力が増幅されたと感じる人々です」

「はあ……武器？」

「猟銃のことです。鋳岩さんって人は、猟銃を手にした瞬間、大骨頬筋と眼輪筋が同時に収縮しました。これは本能的な喜びを瞬時に感じたことを意味します。わたしは仕事柄、世界の凶悪犯とされる人物の映像や写真を見てきましたが、彼らもそうでした。理性の意識水準が低下し、抑制がきかなくなるんです。初めのうちは体裁を気にしていても、いずれ歯止めがきかなくなります」

「それは……そのう、どういうことなんでしょう」

「だから、やがて人を撃つ可能性があるということです」

「人を撃つ？　どなたが、ですか」

「鋳岩さんって猟師です。いま番組の取材ＶＴＲに映っている人です」

「申しわけありません。こちらでは放送内容を確認できないんですが、その人が不穏な発言をしたとか、暴力的に誰かを威嚇するような素振りをしたとか……」

「いずれも違います。ふつうの人が見ただけでは、問題があるようには見えないんです。知人や家族も、穏やかな性格だとか、乱暴なところがない人などと評するかもしれません。でも性格というのは一元的ではなく多面的で、時と場合によってかたちを変える影みたいなものなんです。本当の素顔は誰にもわかりません」

「誰にもわからないのであれば、正確なところはあなたもお判りにならないということでしょうか？」

「違うのよ。わたしは人殺しの目を見たことがあるの。精神科医や臨床心理士のあいだでも、この学説はよく知られている」

「なら、それらの専門家の方からご意見をいただくこともあるかと思います」

「そうはならないんです。専門知識があっても、動体視力がないと……。さっきの鋳岩さんの目の変化は一瞬でした。スロー映像にすればわかるかもしれませんけど、通常の放送を観ただけでは……」

「貴重なご意見ありがとうございます。いちおう担当デスクに、あらましは伝えておきます。では失礼しま……」

「待って！　いま猟銃の発砲事件が多発しているでしょう？　銃を手にしていい人と、悪い人がいるのよ。テレビに映っていたのは間違いなく……」

電話の切れる音がした。

ツー、ツーという虚しい反復音だけが耳に届く。

美由紀はため息とともに、携帯電話を持つ手を振り下ろした。

辺りを、奇異な目で通り過ぎる外来患者たちがいた。電話にまくしたてている美由紀を、半ば呆れながら眺めていた人たちだった。

わかっていた。誰にも理解されることはない。いままでもそうだった。

でも、わたしには確かなことがわかっている。わかってしまう……。

複雑な思いを抱きながら、玄関からロビーを覗きこんだ。

すでに番組は別の話題を報じていた。画面には、サーキットを駆け抜けるF1マシンが映しだされている。

ナレーションが告げていた。「昨年に引きつづき、今年もF1日本グランプリはここ富士スピードウェイでおこなわれます。昨年、有坂誠監督の率いるラピッド・アリサカの河合広一選手が、日本人として初めて表彰台に立った記念すべきコースということで、関係者の期待もおおいに高まっており……」

昨年度の日本GPの映像に切り替わる。三十一歳の日本人ドライバー、河合広一。浅黒い顔の猪首のスポーツマン。満面に笑いを浮かべて優勝カップを掲げている。表情から読み取れるのは、達成感と満足感。そう、わたしの観察は正しい。決して偏見にとらわれてはいない。

しかし……。

わたしはいま、一種の精神病を患っている。心に受けた強烈なショックから立ち直るには時間がかかる。そんなわたしに最も必要なことは、休息以外にない。では、このまま家に帰って、薬を飲んで、ベッドに横になり、眠りにつくことができるだろうか。

とても想像できない。

あの猟銃の犠牲になる人間がいるかもしれない。その可能性を真っ先に知りえながら、何もせずに手をこまねいているなんて……。自分の身ばかりを心配していることなんて……。

迷いはふいに、断ち切られた。もう躊躇している場合ではない、その思いが全身を支配した。

美由紀はすぐさま駆けだした。病院前のロータリーを走り、駐車場への階段を下りて、オレンジいろの車体に駆け寄るころには、取りだしたリモコンキーでドアを解錠していた。

まったく。ドアを開け放ち、運転席に乗りこみながら、美由紀はつぶやいた。「損な性分ね」

V10のエンジンが車体を揺るがす。ギアを入れ替え、轟音(ごうおん)とともにガヤルドは発進した。

滑るように車道に走りだしながら、美由紀は唇を嚙(か)んだ。あのテレビ局への電話ですべてを諦(あきら)められたら、どんなに楽だろう。人を救いたかったのに、情報を得られなかった。そんなふうに責任転嫁できたら、どれだけ心の負担は軽くなるだろう。

しかし、そうはいかなかった。わたしはもう見抜いている。あの男がどこに住んでいるのかを。知ってしまった以上、もう無視することはできない。

日本ＧＰ

河合広一はリビングルームとみまごうばかりの豪華な空間にいた。広さはさほどではないが、革張りのソファにベッド、ＡＶ機器からキッチンまで揃った贅沢(ぜいたく)な部屋だった。建物のなかのように見えるが、そうではなかった。ここはモーターホーム、すなわち大型バスを改装した車両の内部だった。キャンピングカーと異なるのは、窓という窓がふさがれ、閉塞(へいそく)感があることだった。

もっとも、どのＦ１レーサーにしても、自分専用のモーターホームの車中から外の景色を見たいと思う輩(やから)などいるはずもない。すぐに、嫌でも外界に渦巻く狂気のなかに飛びこまねばならないからだ。ここは、孤独に浸れる貴重な時間を与えてくれる唯一の聖域だった。

つなぎのレーシングスーツを着こんでジッパーを上げる。ジム通いで鍛えすぎたせいか、襟もとがややきつい。

トレーニングを張り切りすぎたか。いや、地元開催のレースとなれば、誰でもそうなるだろう。

肩をまわしてみる。難燃性の化学繊維ノーメックスに強靭なケプラーを織りこんだスーツは硬く、体型が変わるとなかなか馴染まない。これでも着心地のよさには配慮しているというが、時速三百キロで走るマシンを操る身からすれば、ほんの動作のひっかかりですら敗北につながる。

扉をノックする音がした。

「どうぞ」と河合は鏡を眺めながら応じた。

乗りこんできたのは、スーツ姿の小柄な男だった。ややくたびれた中年という印象はぬぐえないものの、首の太さは現役のころと変わらない。

ふっと河合は笑った。「そのスーツも襟もとがきつそうですね」

「まあな」ラピッド・アリサカF1チーム代表、有坂誠は両手をズボンのポケットに突っこみ、壁にもたれかかった。「調子は?」

「まずまずですね」河合は冗談めかした。「鳥インフルエンザには感染してないと思います」

「モンツァのイタリアGPでBMWザウバーに十点差をつけられてる。ここでなんとか挽回(かい)して上位に食いこみたい。わかるな?」

河合はため息をついてみせた。「オーナーにして監督の有坂さんにしてみりゃ、チームのコンストラクターズ・タイトルの行方が気になるわけですね。ここでしか表彰台に上るチャンスがないドライバーの順位についちゃ、そんなに期待してないわけだ」

「そうはいってない。きみもチームメイトの國瀬(くにせ)も頑張ってくれてるよ。ただ……」

「稼ぎが気になるところですよね。わかってますよ。チームとして参加申請するためだけに五十七億円の供託金をポンと払って、チームの人件費だけで百億円、マシン一台二十億円。金は出ていく一方ですね」

「きみが一番の高給取りなんだぞ。忘れるな」

「ええ。感謝してますよ。なかなか結果がだせなくて申し訳ない気持ちで一杯で」

「世界でたった十二チームしかない競技にエントリーしてるんだ、金がかかるのは仕方がないことさ。ただ、歴史上稀(まれ)にみる小規模独立系のチームとしては、ここらでなんとか逆転して、より大きなスポンサーの後ろ盾を得たいところだ」

「モータースポーツが重宝されてるヨーロッパ勢よりあきらかに不利ですからね。この国じゃ、レーサーは頭の悪い走り屋とごっちゃにされてる。さっきも通りすがりのカメラ小僧に聞かれましたよ、レースクイーンはどこですかって」

有坂が苦笑いを浮かべた。「F1にレースクイーンやコンパニオンがいないってのを知らない人も多いくらいだからな。というより、あれが日本特有の文化だってことも、あまり知られてない」

「最近じゃ韓国でも真似してるみたいですよ。この国じゃ何のためにレースをやってるのか、まるで理解されてない。世界各地を転々として一年間で十八戦、それぞれのレースでの順位のほかに、上位六位までにそれぞれポイントが加算されてドライバーの年間タイトルが決まるってことさえ、まるっきり認知されてない」

「チームのコンストラクターズ・タイトルはなおさらだよ。私もよく聞かれる。あなたはトヨタなんですか、それともホンダか、日産ですかってな」

河合は声をあげて笑った。「自動車メーカー、イコールF1チームだと思われがちですからね。それとは違うところでチームを組んでもエントリーできる、むしろそっちのほうが基本だってことも理解されてないわけだ」

「まあ上位をみればルノーにフェラーリ、マクラーレン、ホンダって状況だからな、仕方がない」

「ねえ、有坂さん。前から聞いてみたいと思ってたんですけどね」

「なんだ」

「参加チームが自動車メーカーと同義じゃないとはいえ、モータースポーツってのはもともと、ヨーロッパの自動車メーカーが互いの威信を賭けて始めたものですよ。より速く走ろうってんだからクルマの製造技術も磨かれる。安全性の追求もそこで生まれる。そして、一番になればブランドとして広く認知され、その企業の売るクルマはたちまち高級車扱いでしかも飛ぶように売れる。それがレースの目的であり、F1はその最高峰ってわけです」

「そうだな」

「でも有坂さんが現役のドライバーを引退して、チームを立ち上げようとしたとき、特にどの自動車メーカーとも結びつきがあったわけじゃないでしょう？　いまはホンダにエンジンを供給してもらってるけど、それも有坂さんのほうから各社に売りこみにいったわけですよね？」

「ああ。苦労したよ」

「メカニックとピットクルーをかき集めて、マシンやトレーラーを用意して、なんとかぎりぎりの予算でチームを維持して、世界の強豪自動車メーカー専属チームに立ち向かおうとする。いったい、なぜですか」

「いい質問だな」有坂は微笑した。「だが、その答えは優勝するまでわからんだろう」

「永遠に不明ってことですかね」

「冗談いうな。俺たちは勝つためのチームだ」

「ええ。もちろんです」

「河合。パナソニック・トヨタ・レーシングとホンダ・レーシングという日本の二大チームがいて、スーパーアグリがいて、俺たちがいる。ひとつの国に四つもF1チームがあるのは日本だけだ。そのなかで、トヨタとホンダは国を背負ってる。世界最高のクルマを作る国の地位をドイツと争ってる。だが俺たちは違う」

「なんです?」

「……走り屋だよ」有坂は現役時代、表彰台の上で見せたような凄みのある笑いを浮かべた。「最速の男になれ。俺がおまえに期待しているのはそれだけだ」

ラピッド・アリサカのホスピタリティ・ブースは大勢のクルーで賑わっていた。河合がモーターホームから外に出た瞬間、その全員が歓声をあげて駆け寄ってきた。励ましのつもりか肩や背を叩くクルーたちに、いちいちうなずいてみせながら、ピットを目指して歩く。

河合はこの種の喧騒が苦手だった。とりわけ日本国内の開催となると、取り巻きの人数も増える。たかがフリー走行を前に、ここまでの激励を受ける必要はない。

もうひとつのモーターホームから姿を現したチームメイトは、まんざらでもなさそうだった。同じつなぎを着た國瀬憲一郎は、陽気に周りに手を振りながら悠然と歩いてくると、河合と合流した。

歩調をあわせながら河合はいった。「ここでだけミハエル・シューマッハになったつもりかよ」

「僕はもっと紳士的ですよ」國瀬は告げてきた。「先輩、調子は？」

「どうかな。下向きかもしれん。有坂さんからチームの運営に関する辛気臭い話を聞かされたばかりでな」

「へえ。どんな？」

「世間じゃ、ひとつのF1チームにふたりのドライバーが所属してることや、チームメイトとして互いに助け合うことさえ知られてないって話さ」

「ひどいな。僕のまわりじゃ子供のころから、みんな知ってることですよ」

「ガキのころからカートに乗ってた金持ちの家は違うな。俺のところは、家族揃ってレースに無理解でな。F1ってのは一年じゅうレースするって話を母親にしたら、いつ寝るの、だってよ」

「乗りっぱなしだと思ったんですかね」

「ル・マンより過酷だよ。そんなわけで、世間の理解を得るにゃほど遠い現状だ、有坂さんが資金繰りに苦しんでいるのもわかる」

「景気が滞ってますからね。ホンダが羨ましいですよ。僕たちも税金対策にモナコに住めるようになれば……」

ふと視界の端が気になって、河合は足をとめた。

「なんです？」と國瀬も立ちどまった。

ピットにでる狭い通路のわきに、ひとりのレーサーがたたずんでいる。

うちのチームのつなぎではなかった。Ｆ１ドライバーとしてはありえないほど華奢な身体つき。一見すると女に見えるほどの腕と脚の細さ、褐色の長い髪、色白の顔。

その顔のつくりも、いかにも日本人の体育会系という河合や國瀬とはまるで違う。頰がこけていて、鼻は高く、口も顎も小さい。神経質そうなその面持ちはマシンのコックピットよりも、グランドピアノの前に座るほうが似合っているように思えた。

西洋人のようなその容姿、だが彼は河合と同じ、純粋な日本人にほかならなかった。

パナソニック・トヨタ・レーシングの専光寺雄大は、腕組みをして柱にもたれかかり、上目づかいにこちらを見ていた。

わざわざ敵情視察にでもきたのか。いや、潤沢な予算を有する上位チームに属するドライバーが、あらためてこちらのようすを知る必要もないだろう。

それとも専光寺は、俺たちを見下しに来たのか？　そういえば、かすかに口もとが歪んでいるようでもある。

むっとして、河合はつかつかと専光寺に向かい歩きだした。

「ちょっと」國瀬が止めに入った。「先輩。やめてくださいよ」

「どけよ。あいつのほうから挨拶しに来てるんだろうが」

「そうですけど……。ここはいちおう、ピットとホスピタリティ・ブースのあいだにある通路です。どのチームも兼用ですよ。専光寺がここに来ること自体はルール違反じゃないです」

「通路は歩くためにある。俺たちもそうするのさ」

「面倒はよしてください。出場停止になってもいいんですか？」

すると、専光寺はこちらに一瞥をくれてから、ぶらりとその場を離れ、歩き去っていった。

むかつく奴だ、と河合は思った。いちいち格下を挑発に来るとは性格の悪さがにじみでている。

「國瀬」河合はいった。「予選じゃ奴を本気でマークするぞ」

「でも……。露骨に妨害したらFIAから苦情が来ますよ。少しでも順位をあげることに専念しろって有坂さんが……」

「いいから、言うとおりにしろ」と河合は吐き捨てて、ピットに向かいだした。「売られた喧嘩は買ってやる。日本生まれの俺たちゃ所詮、走り屋だからな」

河合はノーメックス製のフェイスマスクを被(かぶ)った。目の部分だけが露出した怪しげな覆面だが、これが万一の事故の際には顔に火傷(やけど)を負うことから守ってくれる。

ヘルメットを手にマシンに向かおうとしたとき、ピットクルーが右往左往するなかに、またしても別のチームのドライバーを見た。

こんどはＳＴ＆Ｆウィリアムズのスチュワート・ドレインだった。口ひげを生やしたいかつい顔のアメリカ人。点数としてはドライバーズ、コンストラクターズの両方の順位でほぼラピッド・アリサカと並んでいる。

ドレインは、これまたピットの境界に足を踏みいれないぎりぎりの場所に立ち、河合が乗るマシンを見つめていた。やがて、河合の視線に気づいたようすで、そそくさと背を向け、立ち去っていった。

なんだよ。どいつもこいつも、まったく。河合は舌打ちした。

忙しく立ち働くピットクルーたちの合間を縫って、河合は國瀬に近づいた。

今年は去年と違い、フリー走行は二台で同時に走ることになっている。國瀬は、フェイスマスクを装着したところだった。

河合は國瀬に耳うちした。「ドレインが来てたぞ」

「ST&Fの？　きょうはまたずいぶん気にかけられてますね、先輩」

「茶化すな。まあ、俺はここでの去年の優勝者だからな。偵察に来たがるのもわからなくもない」

「どうします？　フリー走行でのタイムは点数に影響しないから、わざとゆっくり走ります？」

「……いいや。逆に目にものを見せてやる。全力でいくぞ」

ヘルメットを被り、マシンのコックピットにおさまるときがきた。

河合はモノコックのボディに歩み寄った。リアウィングに大書されたＨＯＮＤＡの文字を筆頭に、パーツやオイルなどメーカーの広告が隙間なくびっしりと車体を覆いつくしている。そのため、色彩デザインはお世辞にも洗練されているとはいえない。あらゆる物をメーカーから無償で提供を受けている弱小チームとしては、致し方ないことだった。

コックピットの開口部は恐ろしく狭く、後方の最も広い幅のところでもわずか五十二センチ、前後の長さも八十五センチしかない。ステアリングもサイドプロテクターも取り外された状態で、ようやく乗りこめるていどだ。

体格にあわせて作られたCFRP製のシートには寸分の隙間もない。まさに人体がマシンの一部として同化して機能する、そんな状態だった。

ピットクルーが河合の手もとにステアリングを装着する。

それはまるで家庭用ゲーム機のコントローラーのようだった。楕円の中央には無数のスイッチ、ボタンがあって、トラクション・コントロールもディフェレンシャル・ギアもこれで調整が利く。

いまやF1マシンもクラッチのないセミオートマ、機能もコンピュータ制御だ。ドライバーの存在価値は、いかにそのマシンの性能を最大限に引きだすかにかかっている。

ほどなくマシンは、サーキットへと導かれた。

まぶしい夏の陽射し、炎天下に蜃気楼が立ち昇る。直線コースが見る限り果てしなくつづく。

富士スピードウェイ。一周四・五六三キロメートル、コーナー数は十六。なんといっても、F1最長の一・五キロ近くに及ぶ直線コースと、その先の急カーブが最大の特徴だった。

河合は國瀬のマシンと横に並び、同時にスタートを切った。

垂直落下のような強烈な加速。最初のコーナーにどれだけの速度で突っこむか、身体が覚えている。ピトー管の測定した結果を知る必要などない。重要なのは、ラップタイムだけだ。

路上のタイヤカスを瞬時に見切ってかわしながら、並みのクルマならブレーキパッドが焼き切れるほどの急減速、指先でギアを二速にいれてコーナーを切り抜けていく。身体を締めつけるようなGも、骨の髄にまでむしろ心地よく響く。

カーボンコンポジット・ブレーキの利きもいい。マシンの仕上がりは順調そのものだった。スペアカーを持ちこめない現状では、マシンの故障は即、棄権を意味する。有坂監督もほっと胸を撫で下ろしているところだろう。

六速までシフトアップして、第三コーナーの角度は80R。すでに國瀬にはかなりの差をつけていた。ヘアピンを三速で抜けて蛇行し、第十コーナーからの難易度の高いコースを抜ける。シフトダウンして25R、四速まであげて最終コーナーに突入する。ヘルマン・ティルケがデザインし直した道のりはダウンフォース・レベルの調整がきわめて難しい。河合は一瞬の油断もなくステアリングを切りつづけた。

第十六コーナーをすり抜けて、ふたたびメインストレートに入った。スタンドの記者たちがかまえるカメラの砲列が、いっせいにこちらを捉えたのを見てとった。

「どうだ!」河合は思わず吐き捨てた。「しっかり瞼に焼きつけとけ、俺の走りをよ!」

クルーが看板を突きだしている。ピットサインだった。

時速三百キロの視界に瞬時に捉える、ごく小さな表示。だが見落とすはずもなかった。燃費は五パーセントの余裕がある、シフトチェンジは百回転ほど遅らせろと指示があった。了解、と親指を立てて合図する。

このサーキットは鈴鹿以上に俺の腕に馴染んだ庭だ。決勝でも必ずファーステストラップを叩きだしてやる。

二周目も難なくコースを切り抜けていった。周回遅れの國瀬のマシンが前方に見えてきた。じきに追い越すことになるだろう。三たびメインストレートに突入する。

ところがその瞬間、視界に妙なものが舞った。

旗。メインスタンドで振られた。色は赤。

レッドフラッグだと。フリー走行で旗が振られること自体珍しいが、いったい何があったというのだろう。

判断を遅らせることなどなかった。河合はただちに減速し、ピットにマシンを滑りこませた。

だが、クルーたちはなぜか呆然と突っ立ったままだ。

どうしたというのだろう。停車しながらそう思ったとき、サーキット上を、國瀬のマシンが駆け抜けていった。

馬鹿、あいつ。フラッグを見落としたのか。

けれども、ピットクルーは國瀬の走行にあわてたようすもなく、むしろ河合に目を丸くしているようだった。

妙な気分だった。こんなことは初めてだ。

河合はヘルメットを脱いで、駆け寄ってきたクルーにきいた。「何があった？」

「え？」クルーは青ざめていた。「そりゃこっちのセリフですよ。どうしたんですか、河合さん」

「あ？　どうしたって……」

「まだタイムの計測中ですよ。二周しかしていないのに」

「旗が振られたじゃねえか。不測の事故でもあったのか」

クルーは呆然として、河合の肩ごしにメインスタンドを見た。「旗って……」

河合は振り返り、その視線を追った。

旗はたしかに振られていた。

だが、その色は、河合が見たものとは違っていた。

「なんだ、ありゃ⁉」河合はいった。「ブルーフラッグだと！」

その青い旗を振っていた運営側のスタッフも、河合のピットインに戸惑いを隠せないらしい。ぽかんとしてこちらを見やっている。

「河合さん」別のクルーが走り寄ってきた。「どうしたっていうんですか。あの旗は國瀬さんに振られたんですよ。河合さんが猛スピードで追い上げてきたから、周回遅れの國瀬さんに道を譲れという合図だったんです」

「そんな……違うだろう。レッドフラッグだったじゃねえか。あいつが振っていたのは赤い旗だった。間違えたのはあいつだ！」

クルーたちは顔を見合わせた。

「いえ」ひとりが首を横に振った。「旗はずっと青でした」

クラッシュしたも同然の衝撃が全身を襲った。

「馬鹿をいえ」河合は怒鳴った。「ステアリングを外せ。俺を外にだせ！」

「でも、本年度のルールでは、フリー走行も棄権するとペナルティが……」

「いいからだせ！」

困惑した顔を浮かべながらも、クルーたちはサイドプロテクターを取り外しにかかった。シートベルトを外すと、河合はマシンのコックピットから伸びあがって抜けだした。そして、痺れの残る足をひきずりながら、メインスタンドを見上げた。

記者たちは、もうカメラをかまえてはいなかった。

誰もがただ、唖然としてこちらを眺めている。サーキットは、異様な静寂に包まれていた。國瀬のマシンの走行音だけが、虚しく響く。

「なんの冗談だ」河合はフェイスマスクを脱ぎ捨てていった。「さっきのレッドフラッグはどういう意味だ！」

そのとき、ピットの天井からさがったモニターの映像が目に入った。

フリー走行のＶＴＲだった。河合のマシンが直線を駆け抜ける。周回遅れの國瀬に追いすがる。

そしてスタンドでは旗が振られた。青い旗が……。

愕然として、河合は立ちすくんだ。

「こんな馬鹿な……」河合は周りに救いを求めた。「見ただろう？　あの旗は赤だった。見間違えるはずはないんだ。ピットサインも正確に読み取れたんだぞ。たしかに赤い旗だったんだ！」

同意をしめす反応は、ピットにはなかった。冷ややかな沈黙だけが広がった。

監督の有坂は、硬い顔をして背を向け、歩き去っていった。

河合は辺りに視線を配った。誰でもいい、赤い旗を目撃した人間はいないのか。

専光寺がいた。さっきと同じように柱にもたれかかり、無表情に腕を組んでいる。今度はこちらに視線を向けようともしない。

スタンドにはスチュワート・ドレインもいた。口ひげを指先で撫でながらこちらを見やるその顔は、呆れているようにも、哀れんでいるようにも見える。

低いエンジン音が響き、國瀬のマシンがピットに滑りこんできた。

停車したマシンのコックピットで、國瀬がヘルメットを外し、大声で告げてきた。「先輩！　どうしてブルーフラッグでピットインしたんです？　何かトラブルですか!?」

背筋に冷たいものが走った。

トラブル。そう、これはトラブルに違いない。マシンではなく、俺にとってのだ。

いまでも目に焼きついている。あれは赤い旗だった……。

限界

日が傾きかけている。志摩半島のリアス式海岸からのぞむ的矢湾の波は穏やかで、無数のカモメが舞っている。いたるところにある海水浴場は大勢の人出で賑わっていた。そんな海岸沿いの国道一六七号を、美由紀はガヤルドで飛ばしていた。間もなく目的地だ、暗くなる前に着けたのはラッキーだった。

サングラスをかけて海原に反射する陽射しを避けつつ、ステアリングを切りつづける。志摩市の景観のほとんどはのどかな自然だった。民家は道沿いにも点在している。漁業を営んでいる家も多いようだった。

丘を登りきったところにある古くからの住宅地で、美由紀はクルマを停めた。ナビが示す地点はたしかにここだ。

クルマから降りてみると、気温は和らぎつつあった。潮風を肌に感じる。辺りはひとけもなく、ひっそりとしている。

小さな古民家が軒を連ねるなか、主婦らしき女性が庭先をほうきで掃いていた。

「すみません」美由紀は主婦に声をかけた。「この辺りに、鋳岩さんという人の家は……」

主婦は、眉をひそめながら隣りを指差した。「そこよ」

「どうも」と美由紀は立ち去りかけた。

「ちょっと」主婦が呼びとめる。「鋳岩さんに何の用？」

「え？」

「あの人にお客さんなんて珍しいから。いつも引き籠もっているし」

「そうなんですか？」

「ええ」主婦は声をひそめた。「昼間からぶらぶらして定職もなさそうだし、猟銃を持ってるって噂もあるしね」

「そんな噂、どこで……」

「鋳岩さんが銃をぶらさげて出かけるのを、お向かいさんも見たっていってるのよ」

猟銃を地域住民に見えるように持ちまわすこと自体、法的に問題がある。少なくとも、模範的な猟師でないことは裏付けられつつある。

美由紀はきいた。「銃声のようなものを耳にしたことは？」

「さあ。それはないわ。いつも物音ひとつしなくて、かえって不気味なぐらいだから」主婦は美由紀の肩越しにガヤルドのほうを見やった。「あなた、どちらさんなの？　派手なクルマに乗ってるのね……」

「お邪魔しました。じゃあ、鋳岩さんと話してきますので」

そういって美由紀は主婦から離れた。

主婦が妙な顔をしてこちらを見送っている、その視線を背に感じる。

わたし自身、挙動不審者に思われたくはないが、休職中の身で臨床心理士ですと口にするのはおこがましい。いまはわたしも、無職のようなものだ。

鋳岩の家は、両隣りの同じタイプの民家よりもさらに老朽化が進んでいた。築四十年は経つのだろう。庭には軽自動車が一台停まっているが、ひどく汚れていた。壊れて傾いた門扉も放置されたままだ。

美由紀は玄関の引き戸の前に立ち、呼び鈴を鳴らした。

返事がない。さらに何度かチャイムのボタンを押してから、引き戸をノックした。「鋳岩さん。おられますか？」

足音がきこえたと思うと、引き戸が乱暴に開けられた。

酒臭さを漂わせた中年、いや初老にすら見える男が顔をのぞかせた。薄汚れたランニングシャツに半ズボン、足もとはサンダルだった。

抜け落ちた前歯をのぞかせながら、男は美由紀を眺めまわした。あるていどの距離を保っているのに、吐息に悪臭を感じる。

テレビで観たより、ずっと老けこんでいて、粗暴な感じがしていた。鋳岩宏夫はぞんざいにいった。「誰だ?」

「志摩猟友会に所属しておられる鋳岩さんですね?」

「それがどうした。物売りならほかをあたるんだな」

「セールスじゃありません。猟銃の管理をきちんとしておられるかどうか、お尋ねにまいりました」

「あん? 銃……だと? ちゃんと保管しとる」

一瞬、鋳岩の上下の唇が水平方向に伸びて、上瞼は上がり、下瞼は緊張した。問いかけに対し、怯えの心理がよぎった証拠だ。

美由紀はきいた。「銃と弾は別々に保管してますか?」

「もちろんだ」

「では見せていただけますね」

「断る」

「なぜですか」

「おまえさん、いったい誰だ。どこのまわしもんだ。何の権限があって、家にあがろうとしとるんだ」

隠しごとを暴かれそうになった人間が感じる、戸惑いと恐怖。表情筋のひきつりぐあいにそれが表れている。美由紀にとっては、それだけ見れば充分だった。

「失礼ですが」と美由紀はいった。「率直に申しあげて、あなたは猟銃の所持に向いていません。許可証を返上されることをお薦めします」

「あ？　おまえ何いってんだ」鋳岩の額に青筋が浮かびあがった。「俺はな、ちゃんと許可証ってもんを持ってるんだよ」

「ええ、知ってます。さっき志摩警察署で確認してきました。登録者の名簿は、地元の所轄に行けば、誰でも閲覧できるようになってますからね」

「なら文句はねえだろ」

「そうでもありません。射撃教習でも所持許可申請でも、麻薬中毒者や精神病患者でないことをしめす診断書の提出が義務づけられていますが、この診断書は精神科医のものでなくても構わない。だからあなたの精神疾患は見過ごされ、銃の所持が許可されてしまった」

「なんだと？　俺の頭がおかしいってのか⁉」

「銃を持つには適さないといってるんです。テレビで拝見してすぐにわかりました。あなたは反社会性人格障害の精神的不安定さを是正するために他者を圧倒する力を欲し、猟銃を所持しようとした」

「何いってやがんだ、おめえ。何の根拠もねえくせにべらべらと……」

「猟友会の人たちの話は聞きました。銃砲店でたっぷり弾を買って所持しているのに、射撃にも猟にもめったに出かけないそうですね。知人の言葉にキレて、銃を突きつけて脅したこともあった。もう少しで引き金を引くところだったそうじゃないですか」

「俺の事情も知らねえくせに、わかったような口をきくな!」

「いいえ!」美由紀は怒鳴りかえした。「事情なんか知ったことじゃありません。銃を凶器に用いようとした時点で、猟師としては失格なんです。猟銃を所持するにはいかなるときにも、それを己れの力と混同しない冷静さが必要なはずです。あなたに銃所持の資格なんかない。そのうち人を撃つにきまってる!」

「この女! 勝手なことばかりぬかしやがって。いったい何者なんだ、てめえは」

鋳岩の顔がふいに緊張した。

「まさか」鋳岩は警戒のいろを漂わせながらいった。「サツか?」

「違うわ。わたしはテレビであなたを見かけただけ」

「この地元の人間か？」

「それも違うの。東京からクルマを飛ばしてきたのよ。けさのオンエアを観てね」

「でたらめいうな！　テレビのやつらには、俺の住んでいるところは秘密にするよう念を押しといたんだぞ」

「どうせなら取材自体を断るべきだったわね。子供じみた目立ちたがりの心理が疼いたわけ？　害鳥駆除なんかしたこともないし、その腕もないのに、夜道を出かけるなんてね。カラスを撃つことになったらどうしようって、戸惑いが表情にあらわれてたわよ」

「てめえ！」鋳岩は顔を真っ赤にした。「さっきから人を一方的に愚弄しやがって！　どうせ近所のババアどもにいわれて来た役所の人間か何かだろうが。テレビを観ただけで俺のことを突きとめられるわけがねえ。なにが東京から来た、だ。てめえのようなクズ女を相手している暇なんか……」

美由紀は頭に血が昇るのを感じた。「何度もいわせないでよ。テレビで観ただけっていってるでしょ？　テレビスタッフに口止めしようが無駄なことよ。あなたがどこに住んでいるのかなんて、番組を観てすぐに察しがついたわ」

「な……なんだと？」

「田んぼのなかに見えるホタルの点滅が関東よりずっと早かった。東日本では四秒に一度なのが、西日本では二秒に一度になる。あなたが関西寄りに住んでることはすぐにわかった」

鋳岩の顔がさっと青ざめた。「た、たったそれだけのことでわかるかよ。西日本なんて範囲が広すぎて……」

「あなたの部屋にあった『日清のどん兵衛』の容器の側面に、Eの刻印があった。一瞬だったけど、地デジの解像度ならはっきり見えたわ。西日本ならWとなっているはずだけど、Eだったということは、三重・岐阜・新潟より東に売ってる物ってことになる」

「何⁉」鋳岩は愕然とした顔になった。「そんなもんが、テレビに映ってたってのか？」

「ごく小さく、うっすらとね。わたしにはそれで充分。この志摩半島の南端は、三重県にありながらホタルが二秒に一回光る地域にぎりぎり該当する。所轄警察署で調べたらあなたの名前があった。それだけのことよ」

「……本当に番組観ただけで、そこまでわかったってのかよ」

「わたしは、視界にとらえたものは見逃さない。そして、一度目にしたものは頭に焼きつくの」

「なんて女だ……」

「すぐにでも精神科医の診断を受けてくれる？　銃の所持許可が妥当かどうかはそれでわ

かるわ」

「嫌なこった！　俺から銃を奪おうとしたってそうはいかねえぞ」

「どうして？　……ひょっとして、いま手放すわけにはいかない理由があるの？」

鋳岩の表情がこわばり、視線が逸れた。

それは、美由紀の指摘が図星であることの反応に相違なかった。

美由紀は詰め寄った。「なにかに銃を使うつもりね？　駄目よ。すぐに許可証を返上して！」

「うるせえ、クズ女！　さっさと失せろ、目障りだ。これ以上居座る気なら、脳天ぶち抜くぞ！」

かちんとくる物言いだった。美由紀は語気を強めた。「やってみればいいわ。発砲した時点であなたの現行犯は確定する。殺人を未然に防げるんだもの、むしろそのほうがいいわ」

「てめえ、死にてえのか⁉」

「いいえ。あなたの腕じゃ、わたしにかすり傷ひとつ負わせられない」

「この畜生が！」

血相を変えた鋳岩は、美由紀の喉もとめがけて両手を突きだし、飛びかかってきた。

すかさず美由紀はその両手をつかみ、内側にひねって〝裏逆〟の関節技をきめた。鋳岩は悲鳴をあげ、その場に膝をつき、逃れようとじたばたと暴れた。

美由紀はさらに〝大逆〟の関節をとらえ、鋳岩の腕を後ろにまわさせながら肩を下方にぐいと押した。

「痛たたたっ！」鋳岩は悲痛な声をあげた。「この女、やめろ！　放せよ、やめてくれ！」

なおも美由紀は関節を締めあげた。「銃を手放す気になった？」

「てめえ、この……。放せ、馬鹿女！」

強情な男だった。美由紀は鋳岩が怪我を負わないていどに力を調整しながら、ひねりを加えつづけた。

ところがそのとき、ほかの男の声が割って入った。「なにをしている！」

いきなり美由紀は背後から羽交い締めにされた。

駆けつけたのはふたり、いずれも制服警官だった。もうひとりの巡査は、鋳岩を助け起こそうとしている。

それを見て、美由紀は怒りに駆られた。「放してよ！　捕まえるべきなのはそっちよ。銃を持ってるのよ！」

さも被害者だといわんばかりに、苦しげに喉もとをかきむしりながら、鋳岩は身体を起こした。「俺はな、猟師だ。ちゃんと許可証も持ってる。それがこの女、いきなり言いがかりをつけてきて……」

眼輪筋が収縮したのがわかる。言葉とは裏腹に、鋳岩は喜びを感じた。そしてあくまで、自分の歪んだ心には目を向けようとせず、ひたすらに自己を肯定する兆候をみせている。悪意や、殺意さえも否定の対象にしていない。

美由紀にとっては、それらすべては石に刻まれた文字のように揺るぎない事実だった。この男は誰かを殺そうとしている。いま警察権力によって救われたことで、むしろ凶行への自信を深めつつある。

「駄目よ！」美由紀は怒鳴った。「その人を野放しにしちゃいけない！　絶対に人を殺すつもりなのよ。しっかり取り調べて！」

鋳岩は、もう余裕を取り戻しつつあるようだった。「頭がおかしいんだよ、その女。気の毒にな。精神科医にみせて、診断書をチェックしなよ。強制入院させといたほうが世のためだぜ」

パトカーの向こう、さっき話した主婦が怯えたような顔でこちらを見て、たたずんでいる。

怒鳴り声の応酬を聞きつけてすぐ、警察に通報したにちがいない。

美由紀はその主婦に訴えた。「お願い、お巡りさんたちに説明して！　危険なのはこの男のほうよ。あなたもわかってるでしょ？」

しかし、主婦は視線を逸らすと、そそくさと家のなかに引っこんでいった。

頭を殴られたような衝撃を受け、美由紀は黙りこくった。

またしても、わたしは誰の理解も得ることができずにいる。いや、もっと酷い。巡査が鋳岩の進言どおりに行動したら、わたしの立場はさらに悪くなる。わたしは、精神病患者だからだ……。

ぐったりとして、膝から崩れ落ちそうになった。

「へん」と鋳岩は鼻で笑った。「一生、豚箱でくさい飯でも食ってろよ。野放しにして危険なのは、おまえのほうだろうが」

美由紀はなにもいえなかった。巡査に両腕を保持されたまま、身動きひとつできない。

悔しさに涙がこみあげてくる。

わたしにはすべてが見えている……。どうして、誰もわかってくれないのだろう。

愛情と憎悪

薄暗い留置場の個室のなか、美由紀は硬いベッドに仰向けに寝ていた。

汚れた天井を眺めるうちに、心拍が速くなる。美由紀は呼吸が荒くなっているのを感じた。

気持ちが昂ぶっている。心が落ち着かない。

なんとか精神を鎮めようとして目を閉じる。

とたんに、身体が背中から落下していくような感覚が襲ってきた。

寝入りばなの痙攣とは違う。風圧すら感じるような急速な垂直落下。前に感じたものと同じ。

まただ。あの現象が起きようとしている。

目を開けると、天井が遠のいていくのがわかった。またしても、ドームのように巨大化していく室内が視界に広がった。

美由紀はあわてて跳ね起きた。やはり自分の靴ははるか遠くに位置している。足は、靴ごと肥大していた。

室内の鏡に視線を向けた。わたしの顔がある。やつれているが、まぎれもなくわたしの顔だ。

しかし、その鏡の前から離れようとしたとき、鏡は恐ろしいほどの速度で遠ざかっていった。

わたしはほんの数センチ、あるいは数十センチほど身を退いただけのはずだ。それなのに、鏡は数メートルにわたって遠くにある。

思わず鏡に手を伸ばした。すると、腕はぐんと遠方にまでゴムのように伸びて、鏡に触れている。

てのひらには鏡を触っている感覚がある。触覚は正常に機能している。けれども、接触している場所ははるかに遠い……。

「もう嫌」美由紀はつぶやいた。「嫌よ、こんなの」

目を閉じて、ベッドに仰向けに横たわる。両手の指を胸の上で絡みあわせた。

室内がぐらぐらと揺れているような感覚がある。吐き気をもよおすような気分の悪さが襲ってきた。

それでも、目を開けたくはない。いまはもう何も見たくはない。

落ち着かなきゃ。呼吸を整えないと。深く吸う、吐く。異常事態を意識しては駄目。何も考えちゃいけない。気持ちを逸らさず、リラックスすることだけを考えなきゃ……。

やがて、体感的な揺れはおさまっていった。また身体が落ちていく感覚があったが、つとめて深呼吸するうちに、ベッドの硬さを背に実感できるようになってきた。

うっすらと目が開いた。

天井は、元の高さにある。部屋の大きさも戻っていた。

助かった、と美由紀は感じた。

まだ息苦しさだけは残っている。荒い呼吸音が、室内に響いていた。

部屋と廊下を隔てる鉄格子のほうから、靴音がした。

「美由紀？」男の声がした。あわてたようすで、その声が告げた。「すぐ開けてくれ」

ベッドに横たわったまま、そちらをぼんやりと見やる。

小太りに無精ひげ、くたびれたスーツ姿の男が鉄格子の向こうに立っていた。巡査が鍵を開けると、扉を押し開けて部屋に入ってきた。

スマートさは皆無なのに、ふしぎと不潔な感じはしない。いつも驚いているかのように丸く見開かれた目も愛嬌があって、控えめな素行もどことなく上品だ。

だが、きょうはその顔には、本当に驚きのいろが浮かんでいた。

舎利弗浩輔はベッドの脇に駆け寄ってきた。「美由紀。どうしたんだ。だいじょうぶかい？」

「……ええ、なんとか」

呼吸は依然として安定しない。全力疾走した直後のように乱れっぱなしだった。舎利弗からすれば、発作を起こしているように見えるだろう。

いや、実際にこれは、発作以外のなにものでもない。

美由紀は上半身を起こそうとした。「舎利弗先生。どうしてここに？」

「事務局に報せがあったからだよ」舎利弗は枕元に腰を下ろした。「この警察署から電話を受けて、すぐに新幹線で飛んできた」

「そう。……いま何時？」

「夜の八時半すぎだ。寝てたのかい？」

「いいえ。でも、ぼうっとしてて……。どれだけ時間が経ったのか、全然わからなかった」

「美由紀。いったいどうしたっていうんだ？　きみは休職中のはずだろう？」

「舎利弗先生」美由紀は震える自分の声をきいた。涙がこみあげてくる。「わたし、もうだめよ。耐えきれない」

「え……？」

「目に入る人の顔すべてが気になって……。誰ひとり残らず感情が自分のことのようにわかって、絶えずそれに心を奪われちゃうの」

「それは以前からの悩みだったね」

「いまはずっと苦しいの」

「精神疾患は徐々に快復するよ」

「だけど……症状のせいだとわかってても、どうしようもないのよ。もう誰にも会いたくない。みんないつも嘘をついてる。本当のことをいわずにいる」

「仕方ないよ。世の中を円滑にするには、あるていどの嘘は仕方ないさ」

「そんなことない。舎利弗先生は、わたしに嘘をついたことなんかない」

「そりゃ、その必要がないからだよ」

「世間は違う。街角で幸せそうにしている男女も、本当はお互いに何を考えているのか、わたしにはわかるの。真面目に語りかけようとしているように見える上司も、部下を嫌っているとわかるし、部下のほうはもっと上司を毛嫌いしていて、殺意まで抱いてる。店員がお客さんに笑顔を向けておきながら、内心は軽蔑して見下してる。テレビにでてる政治家が、口ではまともなことを喋りながら、実態はスタジオの女性キャスターへの性的関心に終始してる……」

「性的関心？　そういうのがわかる例があったの？」

「……ええ。そうよ。テレビ観てると、そんなんばっかり」

「それは驚きだな。美由紀はその種の感情はわからないんじゃなかった？」

美由紀は困惑を覚え、言葉を詰まらせた。

たしかにわたしは、かつて男性が女性に向ける下世話な感情については読みとれなかった。

あの仁井川章介の事件があきらかになり、幼少のわたしの身に何が起きたのかが明らかになって、それは無意識の領域に生じる反発のせいだとわかった。

でもそんな心理作用は、いつしか過去のものになっていた。わたしは、そういう感情も察知できるようになっていた。言い知れない不快感と嫌悪感とともに……。

「びっくり……」美由紀はささやいた。「そういえば、いつの間にかわかるようになってる」

「きみは、僕らよりも素早く的確に相手の感情を知るけど、僕らとの違いは動体視力だけで、学習法は同じだ。さまざまな人の表情と感情の因果関係を生活のなかで観察していくうちで、実感できたり深く心に刻みこまれた感情について、どんな表情のときにそうなるかを理解し、記憶し、次からの観察に生かす」

「これまでわたしは、男性からの性的関心を明確に向けられた経験がなかった」

「ないわけじゃないよ」

「なぜそういえるの？」

「それは……まあ、いいけどさ。先日、仁井川章介と会って、そういうことがあって……」

「わたしは」美由紀は視界がぼやけるのを見た。涙が頬を零れ落ちた。「その下世話な感情を知るに至った……」

「ねえ、美由紀……。仁井川と同じような下品な気持ちを持っている政治家だとか、そういう男の下衆な心理は見抜けるようになったかもしれないけど、それは恋愛感情とは異なるものだよ。世間には、もっと純粋な愛情を女性に向ける男性が多々いるってことを忘れちゃ駄目だ」

　美由紀はため息をついて、目を閉じた。

「わからない」と美由紀はつぶやいた。「愛情ってものがたぶん、この世にあることはたしかなんだろうけど……。わたしは実感できないの。わたしに明確にわかるかたちで経験したことがないせいね。ほかの感情のように、表情から読みとることはできない……」

「それでいいんだよ、美由紀」

「え？」美由紀は目を開いて、舎利弗を見た。

舎利弗は微笑し、穏やかにいった。「相手が愛してくれているかどうかはわからない。ふつう、誰もがそうなんだ。それでも相手の愛に気づいて、恋愛して、結婚する」

「どうやって……気づくの？」

「さあ……。それは」舎利弗は困惑顔で頭をかいた。「僕にもよくわからないな。未婚だし。女性とつきあった経験もないし……」

しばし美由紀は、舎利弗の顔を見つめていた。

途方に暮れたようすの舎利弗の表情を眺めるうちに、美由紀は思わず笑った。

「ありがとう、舎利弗先生」美由紀は小声でいった。「対話によって、わたしを安堵に導いてくれた。やっぱり先生は、優秀な臨床心理士よね」

「そんなことないよ。ただきみを気遣って、率直に元気になってほしいと思っているだけだよ」

「さらりと愛情なんて言葉を使えるなんて、カウンセラーとして素晴らしい証拠だわ。ふつう、照れてなかなか口にできないし」

「それも……僕が実際にはよく知らないことだからじゃないかな」

「ねえ、舎利弗先生。……わたしの身を案じてくれる舎利弗先生の気持ちは、愛情とは違うの？」

「え？」舎利弗の顔に動揺のいろがひろがった。「あ、いや、まあそのう……。なんていうのかな、どうだろう。……ええと、強いていうならば、僕が思うに……」

鉄格子の向こうであわただしい靴音が響いた。

制服警官を従えて、ひとりのスーツ姿の男が廊下をやってくる。体格のいい、鋭い目つきの男だった。鍛えたせいで広くなった肩幅が、市販のサイズのスーツにおさまりきらずにいる。

年齢は舎利弗よりもかなり上に思えるが、警察関係者はいかつい顔のせいで年配に見える。この男も案外若いのかもしれないと美由紀は思った。

室内を覗きこみながら、男はぶっきらぼうにいった。「警部補の大川吉昭です。取り調べをおこないますから、でてください」

舎利弗は残念そうな表情を浮かべながら、カバンをまさぐった。「病院から薬をもらってきたよ。先に飲むといい」

「ええ、ありがとう」美由紀は微笑してみせた。

臨床心理士として先輩にあたるこの人畜無害な男性が、わたしをどう思っているのかは依然としてわからない。しかし、少なくともわたしの存在を煙たがってはいないのだろう。

それだけでも安堵につながる。

この世の中、嘘を暴かれることを恐れて、〝千里眼〟を毛嫌いする人ばかりだからだ。

彼がそうじゃなくてよかった。真の意味での孤立無援じゃなくて、本当によかった。

フェイク

志摩警察署の刑事部は、所轄にありがちな雑然とした大部屋だった。それぞれの捜査課のデスクも分かれていないようすで、緩んだネクタイの男たちがせわしなく右往左往している。書類仕事などの雑務がそこかしこで進められるなか、美由紀の取り調べも隔てる物のない場所でおこなわれるらしかった。

大川吉昭警部補は、パイプ椅子を一脚、無造作にデスクの谷間に据えると、すぐ近くのデスクに腰掛けた。「どうぞ」

美由紀は戸惑いながら、軽く頭をさげて椅子に座った。周りの私服刑事たちの何人かが、美由紀にちらと目を向けたが、顔にはなんの表情も浮かんでいなかった。

近くで同じような取り調べがふた組ほどおこなわれている。それぞれ一般人と刑事がしきりに話しこんでいた。一方は坊主頭に袈裟(けさ)を着た僧侶(そうりょ)で、もう一方はわりと若い男女だった。ふた組とも、なんらかの事件の容疑者なのだろうか。

「さてと」大川は椅子をまわすと、立っている舎利弗に気づいたようすでいった。「あなたは通路に出ていてください」

「え？　……あ、はい」舎利弗は困惑ぎみに美由紀に目を向けてきた。「じゃ、またあとで」

「ええ」美由紀はうなずいた。

舎利弗が立ち去ると、大川は額の汗をハンカチでぬぐい、コーラのペットボトルに手を伸ばした。それをぐいとあおってから、手もとの書類に目を落とす。

「さてと」大川は眉間(みけん)に皺(しわ)を寄せた。「いきなり見ず知らずの人の家を訪ねて暴行を働いたそうだけど、なぜそんなことをしたんですか？」

「わたしは……」

さっと大川が片手をあげて美由紀を制した。「いっておきますがね、岬美由紀さん。お噂はよく存じあげております。警察の記録にも目を通しましたし、先日の裁判の判決文も読みました」

「はあ」

「あなたが特殊な技能に恵まれていることも知ってますし、裁判ではそれをもって人を独善的に犯罪者扱いしたり、ましてみずからの手で成敗してはならないと申し渡されているでしょう」

「でも、あの鋳岩という人は……」

「いいですか、岬さん。あなたが人の心を読めるってのは、つまるところあなたの主観でしかない」

「そうかもしれませんけど……。けれど、間違いないと思います」

大川はため息をついて、ボールペンを投げだした。「ねえ、岬さん。見てのとおり、うちは田舎の警察署です。人手も予算も不足してて、いつもこんなふうにてんてこ舞いです。わかりますか?」

「はい……」

美由紀は周囲に目を向けたが、ふと近くのふたつの取り調べが気になり、耳をそばだてた。

初老に差しかかろうという年齢の僧侶はいっていた。「だから、そんな女性など知らんといってるだろう」

取り調べの刑事が苦い顔で告げる。「間違いなくあなたが家に来たと証言してるんですがね」

「私がその女性の家におしかけて、よからぬことをしたと?」

くしてきて……」

「冗談じゃない」僧侶は怒りのいろを浮かべた。「私は西本願寺でずっと地元のために尽くしてきて……」

「女性の話ではね」

もうひとつの取り調べに目を移すと、そこでは三十歳前後の女が目を潤ませて訴えていた。「本物だっていうから買ったんですよ。そうでなきゃ、二十万円も払うわけないじゃないですか」

並んで座った男は髪の長いホスト風のいでたちをしていた。「そんな主張してませんよ。見てのとおり人工ダイヤですけど、記念にどうですかと差しあげただけです」

「嘘いわないで。特殊なルートでダイヤを卸せるから買わないかって言ったんじゃない」

男は笑った。「何をいってるんだか……。だいたい、あなたはよくよく調べもしないで、そのダイヤを本物だって信じてお金を払ったってんですか？　鑑定書がないのを不自然にも思わずに？　ありえないでしょ、そんなこと」

「それは……あなたが本物だって何度も念を押したから……」

ふたりの前に座った中年の刑事は、つまんだ指輪を眺めながら渋い顔で唸った。「うーん。なんとも安っぽい作りですなぁ。鑑識にだすまでもなく、イミテーションだとわかりそうなものですな」

女は心外だというように身を乗りだした。「この人が本物だっていうから信用したんですよ」

「とはいってもね」刑事は首を横に振った。「詐欺ってのは、明確に人をだます意志があると証明されたときにのみ、立件に至るんでしてね。こちらの男性が、ニセモノを本物と偽ったという記録でも残っていないかぎり……」

ふいに大川が、美由紀の顔をのぞきこんできた。「岬さん」

「あ、はい？」

「なにをぼうっとしているんですか。私はあなたの事情聴取をしているんですよ」

「すみません」

「とにかく、われわれの管轄にやってきて、面倒を起こさないでほしいんです」

「お言葉ですけど、あの鋳岩さんの銃の所持許可は、こちらの警察署で認可したものでしょう？」

「まあ、そうですね。さっき書類を見ましたが、ちゃんと合法の手続きをしていましたから、問題ありません」

「知人を銃で脅したことがあるのに？」

「その人から被害届が出されていない以上、こちらとしては動けませんよ」

「わたしはその人に会いましたけど、お金の貸し借りが絡んだことなので、あまりおおごとにしたくなくて被害届をだすのをためらったんです。でもどんないきさつにせよ、鋳岩さんが銃を脅しの道具として用いたのは事実です」

「警察としては民事不介入が原則です」

「もう！　狩猟や射撃目的以外に銃を所持していることはあきらかなのに、そのままにしておくの？　被害者がでてからじゃ遅いのよ」

「私にしてみれば、鋳岩さんこそが被害者であって、あなたは加害者ですよ。岬さん。反省の念がないってことで、留置場に戻ってもらうことになるかもしれませんよ」

「……かまいません。わたしは正しいと思うことを主張しつづけるだけです」

大川は頭をかいた。「ったく……。意地をはらんでください。トラブルは御免だといってるでしょう。現時点では、あなたの主張とやらは意味不明も同然です。逆に名誉毀損で訴えられる可能性もあるんですよ。ここはね、五つの町が合併して市になってまだ何年も経っていないんで、われわれは日々多忙で……」

取り留めのない説教を聞き流すうちに、自然にまた気持ちが近くの取り調べに向く。

美由紀は心を落ち着かせ、選択的注意によって雑音のなかから特定の会話を拾おうと耳を澄ました。

ほどなく、僧侶の声が響いてきた。「知らんといったら知らん」

「事実ですか」と刑事がきく。

「ああ。その女性に手をだしてなどおらん。誓ってもいい。ほら、その壁のカレンダーの菩薩様を見るといい」

「この写真ですか？」

「さよう。仏の道というのは、真宗においては仏の国に生まれるための往生の道で……」

もうひとつの取り調べを受けている男性が、声高にいうのが耳に入った。「この女こそ嘘つきだよ！」

女性がひきつったようにいう。「何をいいだすの？」

「私が商売柄、ほかの女性と一緒にいるとこを彼女は見てね。いわゆる嫉妬心というか、そういう理由で私を陥れようとしてる。被害者は私のほうだよ」

「……てめえ！」と女が男につかみかかろうとした。「ふざけたことを……」

「まあ落ち着いてください」中年刑事が割って入った。「いいですか。あなたにダイヤを買わないかと、こちらの男性が持ちかけてきた。で、この男性は、何をもってあなたにダイヤが本物だと信じさせたんですか」

「水性ペンで線を引けば本物かどうかわかるって……」

「ペン？」

「線が書けたら本物のダイヤだって」

「それで、やってみたんですか」

「ええ。彼が実験してみせてくれたわ。ちゃんとまっすぐな線が引かれたから、わたしは信用したの」

男は嘲るように笑った。

刑事も呆れたようすで首を横に振った。「そんなことはありえませんよ。その初歩的な鑑定方法は知ってますが、線が引けるのは本物のダイヤの表面だけです。こんなニセモノ、インクをはじいてしまって、線なんか書けません」

「だけど」女はあわてたようすでいった。「わたし、本当に見たのよ！」

肩をすくめた男がつぶやいた。「夢の中でかい？　ありえない話だって刑事さんもいってるだろ」

その男の表情から、感情は一瞬にして読みとれた。

美由紀は、大川に顔を近づけた。

まだ説教をつづけていた大川は面食らって、目を丸くした。「なんです？」

「あの男性」美由紀は小声で告げた。「嘘をついてる」

「はあ？」

「あっちのお坊さんもそう。痴漢行為の容疑を否認してるみたいだけど、それは事実と違う」

「根拠は？」

「……表情を見ればわかるの」

大川は苛立たしげにペットボトルをデスクに叩きつけた。「いい加減にしてください」

「聞いて。わたしの技能は特殊なもののように喧伝されているけど、そうでもないのよ。臨床心理士に必須のことではないけど、カウンセリングのために役立つ表情の観察法は広く学習されてる。眉毛が下がって上瞼が上がったとき、人は……」

「百歩譲って、あなたが臨床心理士としてわれわれにアドバイスするつもりだとしても、それは現在のあなたにふさわしからぬ行為ですよ。あなたは休職中なんです」

美由紀は言葉に詰まった。「……はい」

「さきほど事務局に問い合わせましたが、臨床心理士会における休職の定義は、無期限の資格停止とほぼ同じとのことでしたよ。専門家としておこないうるあらゆる権限を有さない立場にある、専務理事の方がそうおっしゃってました。そこのところ、あなたも承知しているんでしょう？」

これにはぐうの音もでない。美由紀は困り果ててうつむいた。「はい。よく知ってます……」

「なら、われわれとしても専門家のご意見として聞く義務はない。ごく一般の方、それも遠く離れた場所にお住まいの人の訴えでしかない。そしてその内容は支離滅裂で、要領を得ないものです。法的にみて、われわれがあなたの申し入れをどう扱おうが自由なはずです。むしろ、あなたの意見を一方的に受けいれて、鋳岩さんを容疑者扱いすることにこそ問題が生じるはずです。それも、まだ起きていない未来の犯罪に対してね」

「でも、絶対に起きるんです。誰かが撃たれてしまうんです。いまのうちに手を打たないと……」

「くどい！　岬さん。私はあなたについて、厳重注意だけで済まそうとしているんですよ。けれども、あくまで鋳岩さんを犯罪者扱いしようとするのなら、過去の例からみて危険な行為に及ぶことが予測されるがゆえ、身柄を拘束することもありえます」

「……鋳岩さんは野放しにして、ですか？」

「おとなしく東京に戻って、精神科通いをつづけると、この場で約束してください」

「警察は犯罪を抑止する義務があるはずでしょ」

「だからあなたに約束してほしいんです。鋳岩さんのところに行って危害を加えないと。

ほかの、いかなる人々に対してもです。お立場をよくわきまえてください」

美由紀は何もいえなくなった。無言でうつむくしかない自分がいた。

危険なのはわたし。彼らにとってはそうなのだろう。

問題を起こしたくないという大川の言いぶんも判らないではない。わたしはトラブルメーカーだ、彼らの日常を壊してほしくないと願うのが当然だろう。

でも、これから訪れるであろう悲劇は食い止めたい。とはいえ、警察にそれを納得させる手段はない……。

どうすることもできないのか。何が起きるのかわかっているのに、誰が犯罪者になりうるのかもわかっているのに、黙って見ているしかない。

誰かが撃たれる……。犠牲者がでる。わたしには、何もできない。

無力感に打ちひしがれて、美由紀は床に目を落とした。

わたしは役立たずにすぎないのか。自分の力を人のために役立てることはできない運命なのだろうか。

大川がいった。「証拠もなしに人を容疑者扱いすることは、警察にあってはならないことです。それこそ、私のクビが飛んじゃいますよ。いいですね？　じゃ、いちおう始末書を書いてもらいますので……」

そのとき、あの偽ダイヤモンドの取り調べを受けていたホスト風の男が立ちあがった。

「話になりませんね。じゃあ私はこれで」

被害を訴えている女は、大粒の涙をこぼしながら身を震わせている。悔しさのあまり、なにも喋れなくなっているようだった。

もう一方のデスクでも、僧侶が袈裟の前をかきあわせて、立ちあがろうとする素振りをした。

「不愉快だ」僧侶は顔を紅潮させていった。「犯人扱いするなら証拠を揃えてからにしてほしい。どこの誰かもわからん人の訴えを真に受けて、私を疑うとは。侮辱がすぎる」

証拠……。

美由紀は唇を嚙んだ。

あきらかに嘘をついている人間が、言い逃れをする。二言目には証拠をだせと騒ぎ立てる。

わたしの目には、茶番はあきらかだ。でも、警察は動かない。証拠がない以上、どんなにしらじらしい嘘でも、根底から覆されることはない。

欺瞞ばかりが横行する。そしてわたしは、犯罪者に太刀打ちできない。何もかも見抜いているのに……。

ホスト風の男がこちらに向かって歩いてきた。

美由紀の脇を抜けて通りすぎようとしたとき、男の腕がぶつかった。

「痛えな」男は美由紀を見下ろし、にらみつけてきた。

ところが次の瞬間、男の表情は和らいだ。

猫なで声で男はきいてきた。「ごめん。だいじょうぶだった？」

背筋に冷たいものが走るのを、美由紀は感じた。鳥肌が立つとは、まさにこのことだ。

男の表情にはあの、忌むべき感情が表れていた。下世話で下衆な欲求。わたしの顔を見た瞬間、この男はそんな欲望に支配された。

と同時に、美由紀の目は男のあらゆる部分を瞬時に観察していた。スーツの内ポケットに、サインペンがおさまっているのも見逃さなかった。

証拠なんて……。

そんなに証拠が重要だというのなら、いまこの場で提示してやる。それも、法的に問題のないやり方で。

美由紀は、デスクからペットボトルをつかみとった。

「おい」大川は面食らったようすだった。「それは私の……」

「すみません」美由紀は椅子から立ちあがり、ホスト風の男にいった。「電話番号、教えてもらえませんか」

「はあ？」と男は眉をひそめた。

内心、美由紀は困惑していた。西之原夕子あたりなら、こういう場でもうまく立ちまわれるのだろう。あいにくわたしは、下心のある男に対してどう罠をかけるか、その方策を知らない。

それでも、心理戦にはあるていどの自信があった。メフィスト・コンサルティングと何度も渡り合ってきたせいで、彼らの誘導法は理解できている。

かつてペンデュラム社が、わたしに張った罠と同じだ。言葉で指示することなく、その場に配置した道具類によって、最も自然におこないうる行動をそれとなく強制する。相手に、選択肢がひとつしかないと気づかせることなく。

美由紀はペットボトルを差しだして、ラベルの白くあいた面を男のほうに向けた。

電話番号を教えてくれという唐突な申し出に、男はかすかに猜疑心をのぞかせたようすだったが、今後つきあいを持てることへの期待感のほうが勝ったらしい。

「しょうがないな、いいよ」といいながら、男は懐からサインペンを取りだし、ペットボトルのラベルに電話番号を書いた。

だが、それこそが美由紀の望んでいた行為だった。

はっきりとラベルに記された番号を眺めながら、美由紀はいった。「お尋ねしてもいいですか」

「なんだい？」

「そのサインペン、水性って書いてありますよね。どうしてペットボトルに文字が書けるんですか？」

その声を発したとたん、刑事部屋はふいにしんと静まりかえった。

泣いていた被害者の女も、目を丸くしてこちらを見た。

「な」男は表情を凍りつかせた。「なんのことだい？」

美由紀は告げた。「なぜ水性ペンのなかに油性インクを入れているか、その訳を知りたいんだけど」

男はひきつった顔のまま、ぎこちない笑いを浮かべた。「何をいってるんだか……。きみ、ね。いきなり私を呼びとめておいて、わけのわからないことを……」

だが、それが何を意味しているか、この場にいる人間が理解できないはずもなかった。

偽ダイヤを売りつけるために、水性ペンでの実験と称して、じつは油性インクを用いていた疑いがある。油性なら当然、人工ダイヤの表面にも線が引ける。

取り調べをおこなっていた刑事が、憤然とした顔でつかつかと歩み寄ってくると、男の手からサインペンをひったくった。

刑事は男にいった。「これが何なのか、というより、なぜこんな物を持ち歩いているのかについて、いましばらくお話をうかがいたいと思います。よろしいですね？」

「……はい」

どうにもならないと思ったのか、男はうな垂れて元のデスクへと戻っていった。

女が睨みつけると、男は視線を逸らし、怯えるように身を縮ませて椅子に腰掛けた。

室内はなおも、静寂に包まれていた。

緊張に耐えかねたように、僧侶が咳ばらいをして立ちあがった。

袈裟をひきずりながら、僧侶は歩きだした。「では私は、これで」

歩調が徐々に速まっていく。早く退散したがっていることはあきらかだった。沈黙のなか、袈裟のこすれあう音だけが静かに響く。

美由紀は控えめな口調でいった。「待って」

ぎくりとしたように、僧侶は身を硬直させて立ちどまった。

ゆっくりと振り返った僧侶の顔には、やはり不自然な笑いがあった。

「な、何かね」と僧侶はきいた。「私は忙しい。寺に戻らなきゃならんのだ、失礼する」

「へえ」美由紀はつぶやいた。「ニセモノのお坊さんのくせに、帰るお寺があるの？」

ざわっとした反応が刑事部屋に広がった。

僧侶の顔はみるみるうちに真っ赤になった。「ば……馬鹿なことを！　誰だか知らんが、人の名誉を傷つけるような物言いは慎んでもらいたいものだ」

「そう？」美由紀はまっすぐに、仏像の写真の載ったカレンダーを指差した。「さっき、あれについて熱弁をふるってたでしょ？」

「あれとはなんだ。菩薩様を指してそのような言い方を……」

「如来」

「……あん？」

「王冠も腕輪も身につけてないでしょ？　悟りに達してるから如来。菩薩は現世への未練を残しているから装飾品をつけてる。お坊さんなのにそんな違いも知らないの？」

「え……ああ、いや、それはだな。そのう、なんていうか……」

さっきまで偽僧侶と知らず取り調べを担当していた刑事が、目をいからせて歩み寄ってきた。

刑事が偽僧侶に告げる。「もう少しお時間をいただけますか。あなたのご職業について詳しくお尋ねしたいと思いますので」

偽僧侶の顔はもう、赤くはなかった。逆に血の気がひいていく。口をしきりに開閉させているが、声にならないようだった。

二箇所で事情聴取が再開された。今度は、いずれの刑事の態度も厳しいものになっていた。

ため息をついて、美由紀は椅子に腰を下ろした。

ぽかんとした顔の大川と目線が合う。

美由紀はいった。「わたしの取り調べも、つづけてくださいますか」

「あ……ああ」大川は、呆気(あっけ)にとられたようすでつぶやいた。

母体

警察署の玄関をでて、階段を下る。辺りは真っ暗だった。繁華街からは遠くひっそりとしていて、門の前を走る道路には行き交うクルマもない。

まだ気温はさほど和らいではいなかったが、風がでている。頰を撫でていく風は、海辺のそれに似ていた。

夜明けまで、独りで砂浜にたたずみ、海を眺めていたい気がする。しかし、そうもいかない。

美由紀は駐車場に向かって歩いた。駐車してあるランボルギーニ・ガヤルドのわきに、舎利弗がたたずんでいた。

「やあ」舎利弗が声をかけてきた。「ずいぶん時間がかかったね」

「まあね……。舎利弗先生、待っててくれなくてもよかったのに」

「まさか。きみを迎えにきておいて、先に帰れるはずもないよ」

自然に笑みが漏れる。美由紀はいった。「あいかわらず親切ですね、舎利弗先生は」

「いや。なんていうか、事務局にいても暇してるだけなんでね……」

「助手席に乗って」と美由紀は運転席側のドアを開け、乗りこもうとした。「米原駅まで送るから」

「運転、だいじょうぶかい？」

「平気。精神科の平山先生もドライブは問題ないっていってるし」

「それでも、できれば替わってあげたいところだけどね」舎利弗が遠慮がちに助手席のシートにおさまった。「オートマ限定免許だから、こんなすごいの運転できないし」

「これセミオートマよ」美由紀も運転席に座って、ドアを閉めた。「オートマ限定でも運転できるんだけど。クラッチペダルもないし簡単。やってみる？」

「よしてくれよ。ぶつけたらとても弁償しきれないよ。それに僕は、腕と脚が短いからそんな体勢じゃまともにハンドルも回せそうにない」

「じゃ、わたしにまかせてくれる？」

「お役に立てなくて申しわけない」

「とんでもない。先生、本当にありがとう」

スマートキーをスロットに挿入しようとして、ふと手がとまる。

憂鬱(ゆううつ)な気分が胸のなかにひろがっていくのを感じた。

「どうした？」舎利弗がきいた。「また例の発作かい？」

「いいえ。お薬のせいで症状はでていないけど……。気分だけは落ちこんでくものね。なんだか虚(むな)しくてたまらない」

しばしの静寂のあと、舎利弗が心配したようにいった。「なあ美由紀。……充分、納得しているのかい？」

「さあね。わからない。大川警部補は、なんの対処も約束してくれなかった」

偽僧侶と偽ダイヤモンド売りの嘘を暴いたあの刑事部屋の空気からすれば、大川警部補もわたしを厳重注意のみで釈放せざるをえなかったのだろう。

警察は、鋳岩の危険性についてまでは耳を傾けてはくれなかった。未然の犯罪を予期して防ぐなどという、前代未聞の行為が法に抵触するのはあきらかだった。そして彼らは、その法の壁を超えるほどわたしを信頼してはくれなかった。

仕方がないのかもしれない。わたしですら、感情が読めるという実感など気の迷いにすぎないように思えることがある。

けれども、そうではない。いつも当たってしまう。心のなかを読みおおせた人物が辿(たど)る道も、多くの場合、予測したとおりだ。

わたしは常に、その人が歩んでいく未来を案じてばかりいる。助けようとしても、どうにもならない無念ばかりを噛みしめながら。

思いがそこに及んで、また胸が苦しくなった。涙がこみあげてきて、気がついたときには泣きだしていた。

「おい、美由紀……」

「もうやだ、こんなの」美由紀は震えながらつぶやいた。「わからない。これからどうしたらいいかわからない。わたしの本当の両親はどこ？　どうしてわたしを捨てたの？　誘拐されたのだとしても、なぜ被害届もださずに放置したのよ」

「落ち着きなよ。実のご両親にどんな事情があったのかはわからないんだ」

「わたしは地獄に突き落とされたのよ！　あんな奴に……好き勝手にされて、抵抗する力もなかった。まだ四歳だったのよ、何もできなくて当然でしょ。大人たちはどうして、失踪する子供たちに目を向けてくれなかったの。結局、人は他者の命なんかどうでもいいと思ってるんだわ」

「極端すぎるよ。自分でもおかしいと思うだろう？　精神的に不安定なんだ、そんなに神経を昂ぶらせちゃいけない」

「自我が形成されてない！　わたしは健全な発育の時期を経ていない。人格を決める最も重要な幼少期を、あんな鬼畜みたいな男にめちゃくちゃにされた。その後の人生も歪みっぱなしで……。わたしなんか生まれてこなきゃよかったのよ！」

「それは違うよ、美由紀。きみによって命を救われた大勢の人々のことを考えてごらん。その人たちの人生は？　きみがいなかったら、誰かが代わりに助けられたかい？　僕の知ってる事件だけでも、そんなケースは稀だったはずだ。きみを必要としている人はたくさんいる。これまでも、これからも。その事実から目を背けちゃいけない」

「だけどわたしは……なんのために生きてるの？」

「え？」

「人が生きていくのを助けて、それから先はどうするの？　いつまでそうしなきゃいけないの？　本気でこの世の悪意をなくしたいと願って、その本質を追求しつづけて、神や悪魔を気取るメフィスト・コンサルティングに接触するまでになっても……。本物の神や悪魔にまでは辿り着けない。いまこうしているあいだにも、どこかで失われていく命を助けられない……」

「美由紀……」

「わたし、どうやってこれからの人生を歩んでいくんだろ……」

「その悩みは、誰でも抱いていることだよ。どこに向かっていくのかはわからない。だけど、人が普遍的に幸せと感じることを、とりあえず目標とみなして進んでいくんだよ」

「普遍的に感じる幸せって？」

「ええと……僕も目標にはほど遠いけどね。誰かと愛し合って、家庭を持って……とか、そういう基本的なことじゃないかな」

「それってつまり、子供を持って、夢や理想を次の世代に託していくってことよね……。わたしには、もうそれは望めない」

「どういうことだい？」

話すべきかどうか、ためらいがよぎる。言いたくないというより、誰かに伝えたところでどうにもなる問題ではないと感じているせいだった。

「わたしね」と美由紀はささやいた。「なぜこんなに精神疾患が悪化したのか、その理由に気づいているの」

「……幼少期のこと以外にも原因があるってのかい？　でも精神科医の見立てによると……」

「平山先生にも全部は話してないの。っていうか、嵯峨君に頼んで新しい精神科医の先生を紹介してもらったのは、これまでのいきさつを知らない人に担当医になってほしかったから」

「ってことは、従来のかかりつけの医師なら知ってたことなわけか」

「ええ。……わたし、子供が産めない身体なの。永遠にね」

車内には沈んだ空気だけが漂っていた。

沈黙は長くつづいた。そのあいだ、美由紀は何も考えられなかった。

胸に秘めていた事実を言葉に替えたことは、決して苦しみを和らげる結果とはならなかった。口にしたせいで、それは揺るぎないものとなり、自分の胸に刃(やいば)のように突きつけられた。そんなふうに感じた。

舎利弗は驚きのいろを浮かべていた。「子供が……できないって？」

「そうよ」美由紀はとめどなく流れおちる涙を拭(ふ)きながらいった。「幼少の身体に……あの仁井川って奴が無理なことをしたんだもの。両親がわたしを引き取ってから、医師の検査によって、子宮に異常があることがわかった。内部の損傷と雑菌による感染で、炎症細胞の浸潤が起きていた」

「浸潤って……。炎症が起きて白血球が組織のなかに入っていくっていう……」

「ええ。病巣が周囲の組織をしだいに侵し、広がっていく。正式な病名はイスタルマトー子宮卵管炎っていうの。まだ四歳だったのに……手遅れだった」

「その事実を、きみはいままで……」

「知ってたけど、忘れていたのよ。友里佐知子(ゆうりさちこ)の脳手術のせいで記憶の自発的修正(ボランタリー・コレクション・オブ・メモリー)が生じた際に、気にならなくなってた。過去の辛(つら)い記憶とともにね」

「いまは思いだしたっていうんだね？」

美由紀はうなずいた。「妊娠できない身体だってことは、十六歳のころ、母に連れて行かれた病院できかされたの。そのころにはもう、実の両親でないってことにも気づいていた。わたしの精神状態は、いまと同じように崩壊寸前になって、治療のおかげでいくらか持ち直したけど……最悪だった」

「防衛大に入るには医師の診断を受ける必要があったろ？　そのときには……」

「ええ。というより、だからこそ航空自衛隊は、わたしにイーグルドライバーになる命令を下したのよ。防衛大の第二学年から戦闘機パイロットを特別に育成する教育を受けたのも、そのせいだった」

「どういうこと？」

「自衛隊では女を戦闘機パイロットにしない。強烈なGのせいで妊娠機能を失う可能性があるから、母体を保護する意味でそう規定されているの」

「じゃあ、きみは……」

「不妊症だったからこそ例外として認められたのよ……」

うつむくと、大粒の涙が膝に零れ落ちた。もう泣くことをやめられなくなっていた。堪えようとしても、締めつけられるような胸の痛みは和らぐことがない。

友里佐知子の脳手術のせいで、辛い過去と決別した。男性とのつきあいもなかったせいで、産婦人科の世話になることもなく、わたしにその症状が知らされることはなかった。心が安定していたのは、そのころからつい先日の仁井川との再会までの、ほんの短い期間にすぎなかった。

事件後、医師の検査によって、イスタルマトー子宮卵管炎が確認された。取り戻された幼少の記憶は、揺るぎない事実だったこともあきらかになった。

とはいえ、二十八になったいまではもう、不妊が希望の喪失につながっているわけではなかった。

検査した医師はわたしにいった。この病気についてだが、きみは……。

ふいに、運転席側のウィンドウをノックする音がした。

びくっとして、美由紀は顔をあげた。

車外から覗きこんでいるのは、見覚えのある女性だった。さっき、偽ダイヤモンドの件で取り調べを受けていた被害者だった。

あわてて涙をぬぐい、ドアを開けた。「あ、どうも……。先ほどは……」

女は美由紀の顔を見て、困惑のいろを浮かべた。「どうかしたんですか……？」

泣いているのに気づいて、驚いたのだろう。美由紀は目を伏せながらいった。「あ、いえ。べつに」

「失礼ですけど、岬美由紀先生……ですよね？」

「……はい」

「やっぱり」女は満面の笑みを浮かべた。「さっき刑事さんがそういっていたので……。前にテレビのニュースで観ました。こんなところに来てくださるなんて！　お会いできて、本当に嬉しいです」

「はあ……」

「さっきのあの男、自供したんですよ。岬先生に嘘見抜かれて、すっかり動揺して……。いま逮捕されたんです。お金も返してもらえることになりました」

「そうですか」美由紀は心から安堵した。「よかった……」

女は美由紀の手をとり、強く握った。「岬先生がいてくれたおかげです。もう、心から感謝してます」

「いいえ。たいしたことはしてませんから……」

「とにかく、ありがとうございました。ご恩は一生、忘れません。じゃあ、先生もお気をつけて」

何度も頭をさげながら、女は自転車置き場に向かって歩いていった。彼女が停めていた自転車には、後ろに幼児用の座席が付けられていた。

その自転車が走り去るのを、美由紀は見送った。途中、女が振り返って手を振るたびに、美由紀も手を振りかえした。

どんな家族構成かはわからないが、小さな子供が、家で待っているに違いない。

子供、か……。

憂鬱な気分で、ふたたび身を運転席のシートにうずめ、ドアを閉める。

そのとき、舎利弗がいきなり大声でいった。「よし、決めた」

びくっとして、美由紀は舎利弗を見た。「え……？」

「そのう、どういおうか迷っていたんだけど、やっぱりきみは、いつものきみに戻るべきだよ」

「戻るって……」

舎利弗はドアを開けて、クルマから外にでようとした。

驚いて、美由紀はきいた。「どこに行くの？」

「さっきの警部補にかけあってくるんだよ。臨床心理士としての進言には耳を傾けるべきだって」

「でも、わたしはいま……」

「忘れたのかい？　僕もきみと同じ職業なんだよ。口べただし、人見知りするからいつも留守番だし、こういうのは苦手だけどね。でも一歩を踏みださなきゃいけないときもあるね」

「舎利弗先生……」

「心配ないって、ちゃんと説得してみせるよ」舎利弗は車外にでてから、身をかがめて覗きこんできた。「終わるまで待っててくれるかい？」

「ええ、それはもちろん」

「よかった。じゃあ、いってくる」

ドアを閉めると、舎利弗は警察署のほうに歩き去っていった。

緊張しているようだ。江戸時代の人のように、同じ側の手と足を一緒に踏みだしている。

人嫌いの彼にとって、これはよほど勇気ある行動にほかならなかった。

ありがとう、舎利弗先生。美由紀はそっとつぶやいた。やはりわたしは、先生のおかげで孤独にならずに済んでいる。出会ったときからずっと。

ドラマ

　夏場は早く陽が昇る。すでに真昼に近い明るさだった。三重県志摩市の阿児郵便局は、窓口業務を開始するところだった。

まだ、客の数はごく少ないが、けさは郵便業務よりも大きな仕事が待っているらしい。

裏手には、警備会社のワンボックスカーが乗りつけている。窓は塞がれているうえに、鉄格子で補強されていた。

　現金輸送車からは、ふたりの警備員がプロテクターを身につけて降り立ち、周囲を確認している。

　郵便局の職員が、台車を運んできた。警備員たちは大きな布袋を車両から降ろしにかかっている。

　ふたつの袋には現金が入っている。民営化に伴って誕生したゆうちょ銀行のＡＴＭにおさめるものだという。

ひとりの警備員が、現金輸送車の後部ドアを開けた。

もうひとりが職員とともに、ずっしりと重そうな袋を持ちあげ、車外に運びだしてきた。

そのとき、いきなり軽自動車が一台、客用の駐車場から業務用のエリアに侵入してきた。

軽自動車は現金輸送車のすぐ近くに急停車し、ドアが開いた。

運転席から降り立ったのは、四十すぎの男だった。ぼろと見まごうような薄汚れた服を着た、白髪のまじった頭、日焼けした顔の男。

警備員らは怪訝な顔で男を見たが、その手に持たれている物を見て、ぎょっとした。

鋳岩宏夫は猟銃を構えて、銃口を警備員らに向けた。

「どけ」と鋳岩は怒鳴った。「その金、俺のクルマに載せろ!」

唖然とした警備員らは、両手を高くあげたまま固まっていた。

じれったそうに鋳岩は声を荒らげた。「早くしろ、ぶっ殺されてえのか。このクズども」

なおも警備員らが行動を起こさずにいると、鋳岩の表情に変化が表れた。

緊張するはずの局面で、かえって表情が緩んでいる。それは、緊張のタガが外れたことを意味していた。

ひとりぐらい殺せばいい、そんなふうに自分に言い聞かせている。死の恐怖を味わえば、残るひとりはあわててこちらに従うはずだ。

その決意が表情筋にみなぎっていた。鋳岩は警備員のひとりに狙いを澄まし、引き金に指をかけた。

それだけ観察すれば充分だった。

美由紀は二階のバルコニーから、鋳岩に向かって跳躍した。

鋳岩の顔があがり、こちらを見て、あんぐりと口を開けた。

だがそれはほんの一瞬のことにすぎなかった。美由紀の膝蹴りが鋳岩の顔面を直撃し、鋳岩は仰向けに宙に浮きあがった。

着地とともに身を翻し、下方から引きあげた両手で猟銃を奪う。膝のバネを利用し、まだ地面に落下していない鋳岩に襲いかかって、その脳天に手刀を浴びせた。

満身の力をこめて打ったその一撃には、かつてなかったほどの手ごたえを感じた。鋳岩の身体は縦に回転しながら勢いよく後方に飛び、逆さになって軽自動車のボンネットに背を叩きつけた。車体は大きく凹み、フロントガラスが割れ、ドアが外れた。

失神してもおかしくないほどの激痛が走ったに違いないが、鋳岩はそれ以上に別の衝撃を受けているようだった。恐ろしい魔物でもまのあたりにしたように、愕然とした表情がひろがる。その驚きが、かろうじて意識をつなぎとめているのかもしれない。

「な」鋳岩は目を見開いた。「おまえ……」

美由紀は油断なくその前にたたずんだ。

待機していた志摩警察署の警官たちが、鋳岩に駆け寄っていく。取り囲み、逃走ルートを塞ぐ。

私服の大川警部補が、悠然と歩いてきて、美由紀の隣りに並んで立った。「鋳岩宏夫。強盗の現行犯で逮捕する」

「言いぶんは署で聞く」大川は腕時計を見た。「午前九時三分、強盗の現行犯で逮捕」

私服たちが鋳岩に詰めより、手錠をかけようとする。鋳岩はじたばたと暴れていたが、多勢に無勢、抵抗が無意味であることは明白だった。

「畜生！」鋳岩はパトカーの後部座席に押しこめられながら、美由紀に怒鳴った。「おまえさえいなきゃ、きょうで借金をチャラに……」

「いいから乗れ！」私服がそういって鋳岩の身体を押しやった。

ドアが叩きつけられ、セダンの屋根からパトランプがせりあがった。覆面パトカーは、サイレンとともに走りだした。

大川はふうっとため息をついて、美由紀を振りかえった。「直接の手出しはせんでくださいと申しあげたのに」

美由紀は戸惑いがちにいった。「すみません……。いまにも引き金を引きそうだったので」

「まあ、いいでしょう。犯行を未然に防げたのはよかった。ただし、今度からはそのう、きちんとした手続きを経て私どもに進言してくださいよ。お互いプロなんだから」

「はい。どうもお手間をとらせました……」

「じゃ、署に戻ります。なんにせよ、ご協力に感謝します。それでは」

大川の顔に笑いはなかった。苦い顔のまま敬礼すると、もう一台の覆面パトに乗りこんだ。

パトカーが去っていくと、残った私服たちが、警備員たちに事情を聞き始めた。現場検証が始まっている。

美由紀は背後を振りかえった。

「舎利弗先生」美由紀は声をかけた。「もうでてきてもだいじょうぶよ」

コンテナの陰に隠れていた舎利弗が、びくついた顔を覗かせた。

「いやあ」舎利弗はゆっくりと歩み寄ってきた。「びっくりだな。きみがいかに強いか、初めてまのあたりにしたよ」

「そうだっけ？　でも先生、本当にありがとう。あの警部補さんを説得できるなんて……」

「そんなに難しくもなかったよ。古い刑事ドラマのＤＶＤを観てたからね。彼もその手のドラマを観て警察官を志望したらしくて、話が弾んだ」

「へえ……どんなドラマ？」

「『七人の刑事』とか……。たまたま猟銃犯人のエピソードがあったんだけど、それを警部補さんも覚えてたね。連続射殺魔の犯人を追い詰めていくって話」

「ふうん。警察署あげての捜査ってストーリーだったわけね」

「いや。一課の七人だけで捜査するんだよ」

「え？　連続殺人なのに、捜査本部も設置しないの？」

「それは『踊る』以降の刑事ドラマだよ。昔はどんな大事件だろうと所轄の刑事だけで解決するのがドラマの常識だったんだ。現実とはかけ離れてるけど、それなりに真剣に観たもんだよ。大川警部補ともその話で盛りあがって、じゃあ今回の件も立場なんか恐れずに、刑事魂を燃やしてみたら？　ってそそのかしたら、本気になっちゃってね」

美由紀は思わず笑った。「舎利弗先生って、共通の趣味を見つける天才よね」

「怪獣ものまでは話が合わなかったけどね。しらけた顔をされたよ。でもね、美由紀。やっぱり僕は確信したよ。きみは、きみを必要としてくれる人のために働くべきなんだ」

「……ええ。そのためにも、早く治りたい……」

「完治するのを待たなくても、いいんじゃないかな」

「え？　でも、事務局のほうでは……」

「臨床心理士会がどういおうと、知ったことじゃないさ」

「でも……」

そう望んでいたはずが、いざとなるとためらいがよぎる。いまのわたしがカウンセリングをしても、相手に迷惑がかかるだけでは……。

「美由紀。困ってる誰かを助けようとしてるとき、きみは目が輝いてるよ。きみはそうあるべきだね。薬漬けになってベッドの上で休むばかりが、精神疾患からの快復法じゃない。カウンセラーとして知ってるだろ？　仕事が最良の治癒になるタイプもいるってことを。きみがまさしく、そういう人間なんだよ」

「……ありがとう、気遣ってくれて。だけど、舎利弗先生。相談者（クライアント）にしてみれば、わたしなんかより、ちゃんとした臨床心理士と面談することを望むはずよ」

「とんでもない！　一日に事務局にかかってくる電話のうち、どれだけ多くの人々がきみの名を口にすると思ってる？　きみを名指しで依頼してくる相談者のどれだけ多いことか……。きみじゃなきゃ駄目だって声が圧倒的なんだ。だからきみは、それに応（こた）える義務があるんだよ」

美由紀は押し黙った。

義務……。重い言葉だった。わたしに果たせる義務なんて……。

舎利弗も、押し付けがましい物言いだと気づいたらしく、あわてたようすで告げてきた。

「いや、あのぅ、無理にとはいわないよ。本格的に依頼を受ける必要もないし、実際、事務局が承認していないから正式には受けられない。でも、相談者に会って話を聞くぐらいならいいんじゃないのかな。いまの事件と同様に、きみならすぐ解決できることも多々あるだろうし……」

そうかもしれない、と美由紀は思った。

なにより、いまは深く考えたくはなかった。自分に目を向けるのが怖い。ふとしたことで心の闇が照らしだされる瞬間を、まのあたりにしたくない。

「わかった」美由紀はいった。「どこかこの近くに、依頼をしてきた人はいる?」

「近くというか、東京への帰り道に一件あるよ。昨日、猛烈な勢いで電話をかけてきた依頼人がね。どうしてもきみの力を借りたいといって聞かないんだ」

そこまで求められているのなら、拒否するのは道理にあわない。けれども……。

虚無と使命感のせめぎあいがあった。

このまま何もかも投げだして、思考を働かせることなくベッドで眠りたい、そんな衝動にも駆られる。

しかし、それで心が休まるわけはない。もうわかっていることだ。虚しくても、わたしは生きなければならない。生きるためには、行動せねばならない。

美由紀は近くに停めてあったガヤルドに歩み寄り、運転席に乗りこんだ。

スタータ・ボタンを押して、エンジンを起動させる。ガヤルドの車体が轟音とともに振動し始めた。

「目的地は？」と美由紀はきいた。

舎利弗は車内を覗きこんでいった。「便乗させてもらえるなら、道案内するけど……」

「じゃあお願い」

「オーケー」舎利弗は助手席に乗りこんできた。「なあ美由紀。動物は種を絶やさないために、子孫を残そうとする本能があるっていうけど、個々の人間はそれに当てはまりはしないよ。少子化の時代にこんなことを言うのもなんだけど、人の生きる目的は子育てばかりじゃないよ」

どう応じればいいかわからない。美由紀はサイドブレーキを解除する手に力をこめられなかった。そのまま静止しつづける自分がいた。

舎利弗は戸惑いがちにいった。「ごめん、また変なことをいっちゃったかな……。僕がいいたかったのは……」

「いいのよ」美由紀は微笑んでみせた。「心配しなくてもだいじょうぶ」

前方に目を戻す。ガヤルドを発進させ、朝の路上へと差し向ける。

美由紀は思った。舎利弗はまだ、わたしの心がなぜ歪んでいるのかを知らない。

不妊がわたしの悩みではない。道がひとつしかないことに絶望しているのではない。

わたしが苦しんでいるのは、ふたつの道があるからだ。そしてそのいずれも、行く手に光は見えてはいない……。

車道に躍りでると、美由紀はギアを一気に最速に切り替えてアクセルを踏みこんだ。速く走ろう。複雑な思いに追いつかれないほどに速く。

カーラジオから流れてくる陽気なＣＭソングは、ヨーデルだった。世界は広い。この瞬間にもスイスという国が存在して、見知らぬ人々の営みがある。

わたしは、狭い視野のなかに映る状況に一喜一憂しているにすぎない。美由紀は自戒の念をこめてそう思った。いまもきっと、地球の裏側で誰かが苦しんでいるのだから。

終焉の時

永世中立国であるスイスに軍隊があると聞くと、多くの外国人は眉(まゆ)をひそめる。スウェーデン出身のアンデシュ・テオレルもそうだった。十代の頃は耳を疑ったものだ。そんな自分が軍人になるとは、運命とはまさしく数奇なものだった。

両親に連れられてスイスのローザンヌに引っ越してきたのは、テオレルが十六歳のときだった。驚いたことに、この国は国民皆兵制があって、男は二十歳から四十二歳までのうちに、十五週間の軍事訓練を受けねばならない。

陸に囲まれたスイスに海軍がないのはさいわいだった。水泳は得意ではない。三十も半ばを過ぎたいまも、陸軍で航空隊を指揮するのが性に合っている。

チューリヒ空港の管制塔の階段を登ると、全面ガラス張りの壁面の向こうに、広大な山脈が見えている。アルプスもこの季節には雪はない。明るい陽射しに照らしだされた黄緑色の絨毯(じゅうたん)が果てしなくつづく。

管制塔は閑散としていた。このところは、どこに赴いても人手が少ない。

「やあ少佐」老眼鏡をかけた、額の禿げあがった男が椅子を回して振り返った。「早かったな。午前中はレマン湖で演習じゃなかったのかね？」

顔馴染みのスタッフのひとり、クレイ・コルビュジェだった。見る限り、現在の管制塔では最も年長者らしい。責任者も彼なのだろう。

テオレルは制帽をサイドテーブルに置いた。「演習は中止だよ。人数が揃わない」

「いまはどこもそうだな」コルビュジェは立ちあがった。「ああ、紹介しよう。こちらはチェザリーニ医師」

白衣を着た、痩せた青年が手を差し伸べてきた。「初めまして、少佐」

「どうも」テオレルはその手を握った。「病院のほうはどうですか」

「足の踏み場もありません」チェザリーニは陰鬱な面持ちで告げた。「患者は増える一方ですが、どの医療機関もこれ以上患者を受けいれられません。救急車は都市を離れて地方まで走っていく始末ですが、そこでも空いているベッドがなくて……」

「隣国に助けを求めては？」

「問題外です。国連決議で、ヴェルガ・ウィルス感染患者の越境は禁じられてますから。先月、ドイツに例外的な救済を求めたときの返事を知ってますか？　ホッケンハイムでF

1のレースがあるから受諾できない、そういわれたんです」

「呑気なもんだ、いつ連中も発症するかもしれないってのに」テオレルはポットを手にとり、紅茶をカップに注いだ。「なにもかも禁止で隔離か。きょうのワクチン到着に期待するしかないわけだ」

チェザリーニはじっとテオレルの手もとを見つめた。「あのう……。その紅茶は、検査を経ていますか？」

テオレルは手をとめた。コルビュジェに目でたずねる。

コルビュジェは戸惑いがちにいった。「きのうまでここを指揮してたソシュールは、けさ病院に運ばれた。免疫担当のランビエールもだ。だから空港内の飲食物に関する検査はもう、おこなわれていないに等しい」

苛立ちがこみあげてきた。テオレルはカップをテーブルに叩きつけた。「早く言ってくれよ」

管制塔内は静まりかえった。ターミナルレーダーの奏でる電子音だけが、かすかに響く。

ヴェルガ・ウィルス。空気感染する初の鳥インフルエンザ・ウィルス。わが国でここまで流行するとは、誰も予測していなかった。

そもそも鳥インフルエンザは、鳥類がA型インフルエンザ・ウィルスに感染したことに端を発する。鳥と人体とでは遺伝子も異なるので、感染する可能性は低く、仮に感染する者があっても人から人へは伝染しにくいとされてきた。

ところが、鶏や七面鳥に感染し極めて高い病原性を発揮するタイプのウィルスのうち、H5N1型ウィルスは人への感染が報告され、すでに東南アジアでは数十人の死者をだしている。

ヨーロッパでは早くから対策に乗りだし、感染の疑いのある家禽(かきん)はただちに隔離して焼却処分し、決して人への感染には及ばなかった。わが国でも対策は徹底している、そのはずだった。

ヴェルガ・ウィルスは違った。家禽に触れず、肉を食べることもなくとも、ただ飛来しただけで病原体を空気中にばらまく。その事実があきらかになり、国家が非常事態宣言を発令したときには、すでに手遅れだった。

「チェザリーニ先生」テオレルは医師を見つめた。「ワクチンはもっと早く用意できなかったんですか」

「無理ですよ。人への感染報告がゼロという状況では、大量に準備することなど考えられなかったんです。その後、初期にヴェルガ・ウィルスに感染した患者たちにワクチンを投与して、たちまち底をついてしまいました。現在は国内はもとより、隣国にもワクチンの在庫はありません」

「そのワクチンは効果があるんでしょうな」

ところが、チェザリーニは苦い顔になった。

「わかりません」とチェザリーニはつぶやいた。「投与した患者のうち、症状が改善した者はごくわずかで……」

「何!?」コルビュジェが目を丸くした。「これで助かるわけじゃないのか?」

チェザリーニはいいにくそうに告げた。「H5N1型から発展したウィルスなのは間違いないんですが、抗原型の組み合わせが解明しきれてないんです。世界保健機関(WHO)は一九九七年から香港の鳥インフルエンザの感染状況の把握に努めていたようですが、いまから三年前には、近いうちにそれが新型の人インフルエンザと化して猛威を振るうと予測していました。それにしても、これほどとは……」

テオレルは吐き捨てた。「想像もつかなかったってのか? 呆(あき)れた話だ」

コルビュジェはチェザリーニにきいた。「WHOはこの先、どれだけ感染が広まると?」

「情報は入ってません」チェザリーニはいった。「世界的なパニックを避けるために、感染していない国では極めて楽観的な報道しかなされていないからです。ただし……」

「何です?」

「三年前の時点では、新型のインフルエンザ・ウィルスが登場した場合、最低でも六億人から七億人が死亡する危険があると……。そう試算されていました」

重苦しい沈黙が管制塔内に広がった。

ゆっくりと椅子に腰を下ろし、コルビュジェがささやいた。「うちの家内は入院して、もうひと月になる」

テオレルはうなずいてみせた。「うちもだよ。妻といちばん下の子供が発症した。上の子はバーゼル＝シュタットに疎開させてる。学校の指導でな。最も感染者が少ない地域だからだそうだ」

チェザリーニがくしゃみをして、激しく咳きこんだ。

思わず感染を疑いたくなる。呼吸をとめたい衝動に駆られる。だが、無意味だった。もし彼が病原体に冒されているのなら、とっくに俺も感染しているだろう。

そのとき、にわかに管制スタッフたちがあわただしく動きだした。

無線が響くのがテオレルの耳に入った。こちらＲＥ２１２、滑走路への進入許可を請う……。

「来たか」とコルビュジェが身を乗りだした。

テオレルは棚から双眼鏡を取り、窓の外に見える滑走路の先を眺めた。

うっすらと雲のかかった空に、黒い点が三つ確認できる。中央がタイから飛行してきた輸送機、左右のふたつはスイス航空隊による護衛だった。

双眼鏡を覗(のぞ)きながらテオレルはつぶやいた。「鳥インフルエンザ被害の激しい地域からの救済を受けるとは皮肉な話だ」

チェザリーニは微笑した。「彼らのほうがワクチンを多く備蓄してましたからね。なんにせよ、これで当面は持たせられます。わが国で最も危険な状態とされる患者の数は十四万人ですが、輸送機一機が運んでくるワクチンの分量はその二倍に相当し……」

「ちょっと待て」とコルビュジェがいった。「あれはなんだ?」

コルビュジェが指差したほうの空に、テオレルは双眼鏡を向けた。

最初は、何も確認できなかった。直後、その物体は銀いろに光を放ちながら、レンズのなかを突進してきた。

びくっとして、双眼鏡を下ろす。肉眼でもすでに、視認できる距離にあった。

猛禽類(もうきんるい)のようなその機体は、これまで見たどの航空機とも異なっていた。小ぶりで、コックピットを有さず、従って機体中央の膨らみがない。噴射ノズルは自在にあらゆる方角に向けられ、突如のように進路を変えつづける。そして、両翼はそれぞれ独特なΣの形状……。

管制スタッフのひとりが叫んだ。「アンノウン・シグマだ！」

間違いない。テオレルは息を吞んだ。

これまでの世界各地における目撃情報を総合して、フランスのブルゴー＝デュクトレーＡ４なるＵＡＶが最も似た外観であると伝えられてきた。フランス空軍は同機のプロトタイプを各国に披露して潔白の証明に躍起だったが、あれはあくまで試作機だった。

しかし、いま目の前に存在するアンノウン・シグマは、まさしく人智を超えた速度と機動性を発揮して、わが国の領空を侵犯している。乗員がいないことで可能になる、Ｇを考慮しない動き。空力特性もどのように働いているのか、見ただけではわからない。まるで水中を自由に動きまわる単細胞生物を、数億倍に拡大したかのようだった。

アンノウン・シグマは管制塔に迫ってきた。衝突するほど眼前に肉薄した瞬間、激しい横揺れが襲う。

強化ガラスにひびが走り、管制スタッフの悲鳴がこだました。一瞬、視界から消えたに見えたＵＡＶは、管制塔をぐるりと一周してふたたび前方に姿を現した。

噴射ノズルがこちらに向けられ、アフターバーナーの炎が窓いっぱいに青白く広がった。爆発のような轟音と目もくらむ閃光、そして瞬時に、機体は空の彼方へと飛び去った。

いや、消えてはいない。奴の向かった先の空には……。

チェザリーニが窓に駆け寄った。「輸送機が！」

アンノウン・シグマは、着陸態勢に入った輸送機の真正面から襲いかかろうとしている。

テオレルは手近な無線マイクをつかみ、ダイヤルをひねって航空隊の周波数に合わせた。

「護衛機に告ぐ。テオレル少佐だ。前方の国籍不明機をただちに撃墜せよ。繰り返す。国際法の手順に従わず、ただちに撃墜に入れ」

了解、と応じる声がした。

輸送機からわずかに後方に位置していたF／A18C戦闘機二機が、加速して空の最前線に躍りでる。

全長十七メートル、全幅十一メートルの戦闘機が旅客機に見えるほど、敵のUAVは小型だった。それでも、標的としては充分なサイズのはずだ。距離も射程圏内だった。

最高速度マッハ一・八を誇るF／A18Cは、隙のない二機編隊で敵機に襲いかかった。

二機がほぼ同時にサイドワインダーAAMミサイルを発射する。

地上にいたテオレルにも、ロックオンした手ごたえが感じられるほどだった。ミサイルはまっすぐに敵機に飛んでいった。

ところがアンノウン・シグマは、まるで予想のつかない動きにでた。

突然、水平姿勢のままで垂直方向に伸びあがったかと思うと、前進も後退もせずにその場で時計まわりに円を描くように飛んだ。直径百メートルほどの円、それをほんの一秒でぐるりと回りきった。と同時に、無数の囮弾(フレア)を花火のように撒(ま)き散らした。

後方からの噴射で飛ぶミサイルが、そのような動作を追尾できるはずもなかった。ミサイルは二発とも大きく逸(そ)れて、フレアによって近接信管で空中爆発した。

まずい、とテオレルは思った。爆発の閃光でパイロットたちは敵機を見失ってしまう。このままでは背後を時間差追尾ロールによって突かれ、追われる立場となる。

だが、アンノウン・シグマはそんな常識的な猶予すらも与えなかった。

方向を変えたUAVは、まるでチェスの駒を盤上に置くような動きで最短距離を直線に移動し、戦闘機の背後をとった。

次の瞬間、アンノウン・シグマの翼はミサイルを左右前方へ二発、それぞれ違った角度に発射した。

それは物体の移動というより、オレンジいろの光線のようだった。弧を描くでもなく、直進した二発のミサイルは、いずれも二機の戦闘機を直撃、命中した。

爆発し、空中に火球を膨れあがらせるタイミングまでふたつ同時だった。数秒遅れて、爆発音が管制塔まで轟(とどろ)いてきた。ひびの入った窓が小刻みに振動して音をたてる。

管制塔の全員が、悲痛な叫びをあげていた。

無残に四散した戦闘機の破片が、炎に包まれながら地上に落下していく。あまりに突然の撃墜だったせいで、脱出したパイロットの姿もない。

テオレルはつぶやいた。「なんて……ことだ……」

これまで目撃されたアンノウン・シグマは、領空侵犯を繰り返そうとも攻撃にでることはなかった。凹凸のない機体の形状からも、武装はしていないと予測されていた。

それがどうだろう。あの翼は、サイドワインダーやスパローよりもはるかに高性能な空対空ミサイルの発射機構を内蔵している。

ずんぐりとした輸送機が、逃げ惑うように高度をさげて着陸態勢に入っている。

たまりかねて、テオレルは空港監視レーダー（ASR）に駆け寄った。でたらめに見えるあの敵機の動きを、なんとか捉（とら）えられないのか。

だが、レーダーに映っている機影は、滑走路に進入中の輸送機だけだった。

「敵機は？」とテオレルはきいた。

管制スタッフは青ざめていた。「さっきからレーダーには反応ありません。まるで映ってないんです」

というと、やはりステルスか……。

「援軍だ！」と誰かの声が飛んだ。

顔をあげると、北北西から接近してくるF5戦闘機の群れがあった。

ワクチンの到着に備え、航空隊は全機が警戒態勢で待機していた。状況に応じてそれぞれの部隊の判断で支援に駆けつけることになっている。すでに十数機のF5がこの空域内に集結している。

さらにF／A18C四機が駆けつけていた。ガトリングガンで砲撃しながら、二機ずつの編隊になったホーネットがUAVの包囲に入る。

しかしアンノウン・シグマに比べれば、そのスイス軍の精鋭たちによるフォーメーション攻撃は緩慢そのものだった。敵機は垂直落下で包囲網から逃れると、突如水平飛行に移り、滑走路をかすめるように飛んで、着陸してくる輸送機の前にまわりこんだ。

「いかん！」コルビュジェが無線マイクに怒鳴った。「こちらチューリヒ管制塔。RE212、ただちに高度をあげろ！」

その言葉が終わらないうちに、UAVの翼から非情なオレンジの光線が発せられた。

輸送機は瞬時に粉々に砕け散り、巨大な火柱が噴きあがった。爆発は衝撃波となって周囲に拡散し、砂埃(すなぼこり)が視界を塞(ふさ)ぐ。

地震のように激しい縦揺れが襲った。管制塔内のあらゆる物が飛散し、倒壊し、パネルには炎が噴きあがった。駆けつけたスタッフが消火器を噴射させる。辺りは大混乱になった。

空高く巻きあがった噴煙のせいで、日没のような暗さになった。

それでも、空は見える。テオレルの視界におぼろげに浮かぶ機体は、すべて味方のものだった。

アンノウン・シグマの姿はもう、どこにもない。彼方に消え去っていた。

チェザリーニが埃まみれの白衣をはたきながら、立ちあがった。「なぜこんなことを……」

滑走路上で燃え盛る輸送機の残骸。ワクチンはすべて、灰になった。

その炎に揺らぐ空に、新たに無数の黒点が浮かんでいた。

目を凝らすと、それらは鳥だとわかった。数千数万の鳥、数年前から夏場にのみ異常な数が観測される渡り鳥、従来の何倍もの大きさに成長したシギチドリ類。すなわち、新種の鳥インフルエンザ、ヴェルガ・ウィルスを広める使者たちが、アルプスを越えてひっきりなしに飛来している。

「絶望だ」テオレルは呆然とつぶやいた。「スイス連邦は、終焉の時を迎えるかもしれない……」

オアシスは遠い

夜が明けてきた。

静かだった。白ばんできた空の下、山に囲まれた広大なサービスエリアの駐車場に、無数のクルマがひしめきあっている。こんな早朝であっても、東名高速を利用する車両は途絶えることはない。

なかでも、アイドリングしたままのトラックを多く見かける。本来ならエンジンは切るべきだが、長距離運送業のドライバーにとっては少しでも涼しい環境で休息をとりたいのだろう。地球環境か個人か。難しい問題だった。

岬美由紀は、ハイウェイホテルレストイン足柄(あしがら)のロビーを出て、ガヤルドに寄りかかってたたずんでいた。

静岡県御殿場(ごてんば)市深沢(ふかさわ)に位置するこの足柄サービスエリアには、敷地内に宿泊できる施設がある。美由紀はそのシングルルームで一夜を明かした。舎利弗も、隣りの部屋に泊まった。まだ起きてくるようすはない。ふだんから夜更かししがちだと舎利弗はいっていた。たぶん、できるだけ遅くまで寝ていたいのだろう。

御殿場。富士山にほど近いが、ここからは見えない。でもこれから高速を降りて目的地に向かえば、自然に目にすることになる。

きのう舎利弗に聞かされた相談者（クライアント）の依頼内容を想起しながら、どのようにカウンセリングすべきかをぼんやりと考えた。正確なところは、相手に会ってみるまではわからない。特殊な職業に就いている人間ゆえ、その心理もまだ予測がつかない。けれども美由紀は、自分のかつての仕事と共通するところがあるに違いないと感じていた。命懸けで常識外れのスピードに挑むプロフェッショナル、その動体視力と反射神経……。

静寂に包まれたサービスエリアに、自動ドアの開く音が響く。

振りかえると、舎利弗がホテルの玄関から出てくるところだった。

「おはよう」舎利弗はカバンと、数枚の書類を携えて歩いてきた。「さあ、出かけようか」

「舎利弗先生……。こんなに早くチェックアウトしたの？」

「いけないかい？　待たせちゃ悪いと思って」

「いいえ。ただ、夜型の生活だって聞いたから、朝は辛（つら）いかと思って」

「平気だよ」まだ眠そうな顔の舎利弗は、それでも真剣なまなざしで美由紀を見つめてきた。「あのさ、美由紀」

「何？」

「ここのホテル、ネットのコーナーがあったんで、ちょっと調べてみたんだよ。これ、プリントアウトしてみたんだけど」

きょうの相談者に関わることだろうか。美由紀は差しだされた紙に目を落とした。

だが、とたんに当惑して、視線を逸らす自分がいた。

舎利弗が何を調べていたのか、一見してすぐにわかった。そこに印刷されていた文面は、これまでにも見たことがあるものだった。

「そのう」舎利弗は告げてきた。「きのうきみが言ってたイスタルマトー子宮卵管炎だけど、二〇〇二年にすでに治療法が見つかってるじゃないか。手術でほぼ完治するらしいよ」

「ええ……。まあね……」

「都内にも設備の整っている病院はたくさんあるし、手術自体は保険の対象外だけど、美由紀なら全額払えるだろう？　ウェブサイトによれば、いつでも予約をいれられるらしいし……」

「そう……。わかった。もういいわ、そのことは」

「どうしたんだい？　手術の成功率はほぼ百パーセントだっていうし、躊躇する理由はないよ。なにかお金をほかのことに使う予定でも？　なんなら、僕の貯金を貸すし、足りなきゃ同僚たちからもカンパして……」

「いいのよ。そこまでしてもらわなくても」

「きっとみんな喜んで応じてくれるよ。もう悩む必要なんか……」

「いいんだってば！」美由紀は書類を突き返した。

舎利弗が戸惑ったようすで見つめてきた。「ど、どうしたんだい？　きみはこのことで悩んでいるんじゃないのか？」

また涙がでそうになって、美由紀は目を空に向けた。泣きたくなるのを堪えながら、かろうじて声を絞りだす。「そんなの知ってたわよ。手術で治せることぐらい」

「知ってた？　じゃあどうして……」

「わたし……。このままでいいと思ってるの。妊娠できる身体にならなくてもいい。むしろ、なりたくないの」

「なぜ……」つぶやきかけて、舎利弗は美由紀の心情に気づきえたようすだった。「ああ、ひょっとして……」

「ええ。そうよ。子供なんかいらないの。男性と結婚もしないし、子作りもしない。っていうより、できないんだって。したくないし……」

想像しただけでも、吐き気がしてくる。

仁井川が迫ってきた醜悪な行為。生理的嫌悪感は増すばかりだった。どんな相手だろうと、受けいれられるものではない。

「美由紀」舎利弗が穏やかにいった。「健全に結ばれた男女間における行為は……そのう、どういう言葉を使ったらいいかわからないが……きみが過去に受けた心の傷とはまるで違うものだよ。そういうときがきたら、きっと愛情とともに受けいれられることであって……」

苛立ちが募る。美由紀は舎利弗に背を向けて歩きだした。「綺麗ごとでは説明のつかないこともあるの。どんな理由にしたって嫌なものは嫌」

「……美由紀。どこに行くんだ?」

「ごめんなさい、ちょっと出発を遅くして。舎利弗先生、朝食をとっておいて。わたし、いま……。独りになりたいから」

無言で見送る視線を背に感じる。それが余計に辛かった。舎利弗が善意をもってわたしを気遣ってくれているのはわかる。そんな彼に憤りしかぶつけられないわたしは、なんてわがままなのだろう。

でも、自分のことは自分がいちばんよくわかっている。わたしは恋愛などできない。かねてから男性が自分に向けてくる恋愛感情だけは、読み取れなかった。いまは、そこに付随する下心というべき感情が、強烈な不快感となって伝わってくるのが常だ。嘔吐感を伴うような品性下劣な行為の強制。どこにも喜びなどない。

愛情なんか、この世にはない。少なくとも、わたしは受けいれられない。

早くも揺らぎだした蜃気楼のなかを、美由紀は歩きつづけた。遠くに見えるはずの水たまりが、近づくとともに消えていく。オアシスは遠い。永遠に辿り着くことはない。こんなわたしには。

サーキット

午前十時半。

快晴の空の下、富士スピードウェイのメインスタンド裏にある関係者用駐車場に、美由紀はガヤルドを滑りこませた。

停車後、エンジンを切ろうとして、その手が躊躇する。

静寂が訪れるのが怖かった。

助手席の舎利弗は、ずっとひとことも口をきかなかった。美由紀のほうも話しかけなかった。

彼の横顔に戸惑いのいろが浮かんでいることは、横目にちらと見やっただけでも確認できる。

けれども、ずっとアイドリングしているわけにはいかない。

思いきってボタンを押した。鳴り響いていたエンジン音が消え、静寂が訪れた。

「……あのう」と美由紀が話しかけたとき、舎利弗もこちらを見て同じ言葉を発していた。

気まずい沈黙がつづく。

「み、美由紀。そのう」舎利弗があわてたようにいった。「すまない。申しわけないと思っているよ。僕は、あの、きみを傷つけるつもりなんかなかった」

「いいのよ。こちらこそごめんなさい、舎利弗先生」

つぶやきが漏れたあと、また車内は静まりかえった。今度は、その静けさにこそ耳を傾けていたかった。

心が暗雲に満たされる。頭上に広がる空の蒼さとは対照的だった。

悩んでいても始まらない。わたしはいま、精神疾患だ。そういう状況だとみずから認識して、症状とつきあっていくよりほかにない。どんよりとした気分で落ちこんでも、それは心が正しく機能していないからだ。

美由紀は勢いよくドアを開け放ち、車外に降り立った。

サーキットのようすはここからは見えない。それでも、Ｆ１マシンのエンジン音は聞こえる。走っているのは一台、いや二台だけのようだ。まだ予選前のフリー走行なのだろう。

ガヤルドから這いだしてきた舎利弗が、辺りを見まわした。「閑散としてるね」

「決勝はまだ先だから……。でも昨年はここで日本人ドライバーが優勝してるから、きっと当日は表も裏も超満員ね」

「優勝……って、河合選手が世界一ってこと？」

「昨年度の日本ＧＰではね。一年を通じてのドライバーズ・タイトルとなるとまた話は別。舎利弗先生、Ｆ１には詳しくないの？」

「それが、さっぱりだよ」

「へえ。意外……」

「どうして？」

「Ｆ１の中継は夜中にもやってるし、マニアックなファンも大勢いるから、てっきり……」

「そうでもないんだよ。マニアの世界もいろいろ細かく分かれててね。レースとプロレスにはあんまり興味がない」

「深夜番組を朝まで観てることも多いんでしょ？　ほかにどんな番組をやってるの？」

「アニメをやっているんだよ」

「ほんと？　知らなかった。そんな遅い時間まで起きている子供がいるの？」

「いや……。まあ子供といえば子供かな……。アニメといっても電撃系とかだし」

「電撃？　前触れなしに衝撃をあたえるっていう意味の比喩とか？」

「そんなに真面目にとらえちゃいけないよ。まあ、とにかく、美由紀が思っているようなアニメじゃないことはたしかだよ」

「ふうん……。奥が深いのね」

そのとき、スーツ姿の中年男が、運営スタッフを従えてつかつかと歩いてきた。

男はしかめっ面で睨みつけてきた。「富士スピードウェイ管理事務局の力場直樹です。失礼ですが、あなたがたは？」

舎利弗が遠慮がちに告げた。「そのぅ、臨床心理士の舎利弗といいます。こちらは岬美由紀といいまして、同じく……」

「岬？」力場はせっかちにいった。「どこかで聞いた名前ですな。レーサーですか？」

「いえ」美由紀は当惑しながら応じた。「よくある名ですから」

「そうですか」と力場は頭をかきながら、ガヤルドを眺めわたした。「これ、あなたの？」

「はい」

「てっきりモーターファンが駐車場を間違えたのかと思いましたが、違うようですな。どういった御用で？」

「ええと……河合選手にご指名を受けて、うかがったんですけど」

「河合さんが？　あなたを？　どうして？」

「臨床心理士……休職中なんですけど、いちおうわたし、カウンセラーなので……」

「ああ。きょう医者か誰かに相談するとかいってましたな。旗の色の見間違いについて調べてくれってんでしょう？　本人も注目されてましたからな、ミスを認めたくないわけだ」

「……本当になんらかの異常があったのかも」

「ご冗談を」力場は一笑に付した。「青い旗が赤く見えたんじゃレーサー失格ですよ。今年のレギュレーションでは二度めのフリー走行はきょうでしてね。たぶん名誉挽回してくれるでしょう。というより、してもらわねば困るんですがね」

苛立ちの感情がかすかに覗いた。力場が決勝当日の集客を気にしているのはあきらかだった。スター選手に棄権などあってはならないと考えているのだろう。

力場は腕時計に目を走らせた。「フリー走行が終わったら、彼がピットにいるあいだに面会を済ませてください。くれぐれも、ほかのドライバーやクルーの邪魔にならないようにお願いしますよ」

舎利弗が不服そうな顔で力場にいった。「静かな場所でじっくりと時間をかけて話し合わないと、カウンセリングの方針を固めることは……」

「そんな暇ありませんよ。わかるでしょう？　河合さんの指名だというからいちおう許可しますが、数分以内に終わらせてもらわないと困ります。それも、きょう一度きりですよ。今後のことなんて考えないでください。彼を励ますのなら、あなたがたでなくても私たちでできることです。じゃあ、スタッフに案内させますから」

そういって力場は背を向け、立ち去りかけた。

美由紀は声をかけた。「すみません。もうひとつだけお尋ねしたいんですが」

「なんですか」と力場は振り返った。

「去年の決勝は悪天候のうえ、御殿場駅までのシャトルバスの運行がうまくいかなくて、大勢の観客が路頭に迷いましたよね？　徒歩での入場を禁じていたのに、突貫工事のせいでシャトルバス用道路が陥没したり、VIPを送迎することを優先して一般客を寒空の下待たせたり、そもそもバスの運転手も渋滞のせいでほとんど現場に来られなかったり……」

「ああ、そのことですか。ご心配なく。ちゃんと手は打ってあります」

「どんな？　ここに来るまでに決勝当日の交通案内の看板を見ましたけど、去年とまったく同じじゃないですか。十万人を超える観客をシャトルバスだけで送迎するなんて無茶ですよ。順調にいっても最後の観客は午後九時半までバス停で待たなきゃならない。何もない山奥で」

「運営はこちらの仕事です。あなたがたに意見を聞いてるわけじゃないんです。口をはさまないでいただきたいですな」

「でも……」

「前回は不測の事態が重なっただけです。あんなことは滅多に起こりえません。では、もういいですかな。私も忙しいのでね」

力場が踵をかえし、歩き去っていく。

美由紀のなかに苛立ちがこみあげてきた。不測の事態が重なっただけなんて。たとえ確率的にはわずかでも、直下型大地震が起きる可能性までも考慮しておくのが運営側の責任だろうに。

呼びとめるべく、美由紀は歩を踏みだそうとした。

だがそのとき、舎利弗が手で遮った。「美由紀。抗議する気なら、やめておいたほうがいい」

「なぜ？　あの人は嘘をついてる。追及されることを恐れてたし、表情にもそれが表れていたわ。コストを切り詰めて利益をだすことばかり気にして観客のことを考えてない」

「だからといって、また押し問答をする気かい？　向こうがちゃんとやりますと言ったら、それ以上はどうにもならないじゃないか。また、顔を見れば嘘だとわかるといって相手を怒らせて、警察を呼ばれて、取り調べかい？」

美由紀のなかに戸惑いがひろがった。

舎利弗が指摘することはもっともだ。でも……。

運営スタッフが歩み寄ってきた。「こちらへどうぞ」

ため息とともに歩きだしながら、美由紀はスタッフにいった。「ここって山の上に位置してて、雨が降りやすくて霧も発生しやすいのよね？　排水にも不備があるんでしょう？」

「いや、そのう、どうでしょう。僕は働きだしたばかりなんで、よくわからないんで……」

「フォーミュラ・ニッポンの初開催レース時に集中豪雨で、レッドフラッグがでて中止になったそうだけど。水捌けは修理した？」

「だいじょうぶだと思いますよ。いろいろきちんと対処してるみたいですし」

それが事実とは異なることは、表情を見るまでもない。呆れてものもいえない現状のようだった。

舎利弗が顔の前で手を振った。「うるさい蚊だ」

そう。さっきから蚊が無数に飛びまわっている。アスファルトで固めた広大な敷地に蚊が大量に発生している。

どこかに雨水が溜まっているとしか思えない。この会場は、何も改善されてはいない。

相談者（クライアント）

美由紀は舎利弗とともに、ラピッド・アリサカのピットに足を踏みいれた。

困ったことに、ここにも蚊が飛び交っている。虫除けスプレーを用意してくるべきだった。帰るころにはあちこち痒（かゆ）くなっているかもしれない。

去年の優勝者のフリー走行だけに、大勢の人々で賑（にぎ）わっていた。ほかのチームの関係者らもピットの脇で群れをなして見物している。まだメインスタンドはがら空きだが、それでも最前列には報道陣が鈴なりになっていた。

ところが、肝心のチームのピットクルーやメカニックたち、および後援者たちとおぼしき人々は、盛りあがるどころかすっかり意気消沈していた。

ホスピタリティ・ブースのなかでは誰もが椅子の上でのびていて、帽子を前にずらし顔を覆っている。身体を起こしている者もわずかにいるが、彼らは飲食に忙しかった。いまこの瞬間にサーキット上でおこなわれているフリー走行に関心を向ける者は皆無だった。

外の群衆も同様だった。誰ひとり目を輝かせてはいない。嘆きの声や嘲笑があがるたびに、ピットクルーが苛立ちをあらわにして悪態をつく。

舎利弗が美由紀に耳うちしてきた。「どうしたんだろう? ずいぶんぴりぴりした空気だね」

「あの走りじゃ仕方がないかもね」と美由紀はつぶやいた。

サーキット上を走る二台のマシンはラピッド・アリサカのドライバー、河合広一と國瀬憲一郎のものに違いないが、去年の優勝者である河合の走りはどこにもなかった。

すでに國瀬に二週近く遅れた河合は、コーナリングにも切れがなく、ストレートに入ってもステアリングを戻しきれずに蛇行している。F1レーサーとは思えない運転だった。

ただし、接近してくるマシンをよく見ると、不調の理由はドライバーのせいばかりではないようだった。

クルーのひとりが声をあげた。「なんてこった。マシントラブルだ」

どよめきがあがった。

マシンの後部から煙があがっている。本来なら空気を取りこむはずのインダクションボックスから、逆に白煙が噴出し、ドライバーの頭部を覆い尽くさんばかりになっている。

鳴り響いてくるエンジン音も不安定だった。

モーターかスロットルバルブの故障……。いや、エンジンそのものが壊れたのだろうと美由紀は思った。吸気と排気の圧力バランスも一定ではない。DOHCエンジンが正常な機能を失っている。

「消火器持ってこい！」クルーが怒鳴った。「ピットインだ、急げ」

メインストレートにさしかかった河合のマシンに対し、ピットサインが掲げられる。だが河合はそれを待たずして、すでにマシンのノーズをピットに差し向けていた。

ピットクルーが駆けずりまわるなかに、マシンが滑りこんできた。

たちまち辺りは煙に覆われ、霧のように視界不良になった。うっすらとマシンのシルエットが判別できるていどだ。あちこちでクルーが咳きこむのが聞こえる。

美由紀は目を凝らし、マシンを観察した。

百八十センチの幅を持ちながら、高さはわずか九十五センチ。むきだしになった巨大なタイヤ四輪。規定で排気量はわずか二・四リッターに抑えられているにもかかわらず、七百馬力を発生させる、まさに走るためのテクノロジー。

しかしそれが故障したいま、ピットにあるのは喧騒だけだった。

火はまだでていないが、クルーが消化剤をエンジンに浴びせる。ほかのクルーはステアリングとサイドプロテクターを外しにかかり、ドライバーを助けだそうとしている。

河合は憤然としたようすでコックピットから抜けだすと、ヘルメットを脱ぎ、床に叩きつけた。

フェイスマスクを脱いだ河合は、消火器を手にしたクルーにつかみかかった。「やめろ！　そんなもん浴びせるんじゃねえ！」

ほかのクルーが制止に入り、混乱はさらに広がった。

煙がようやく薄らいできた。目には刺すような痛みを感じるが、とりあえず視界は確保されつつあった。

マシンのエンジンは、消化剤の泡にまみれていた。

「畜生」河合はクルーに食ってかかった。「てめえ！　火災が起きてもいないのに、こんなふうにしやがって。エンジンが使い物にならねえじゃねえか！」

「落ち着いてください」別のクルーが割って入る。「昨年度以降、予選前のエンジンの交換にペナルティは課せられないんです」

「……だからといって、この不始末をどうしてくれるんだ。おまえらがちゃんと整備してねえから、こんなことに……」

だしぬけに、英語で男の声が告げた。「おい」

河合が口をつぐんで、ピットの外を振りかえる。

口ひげをたくわえた、無骨な顔のレーサーがそこにたたずんでいた。ニュースで観たことがある顔だ、と美由紀は思った。たしかST&Fウィリアムズのスチュワート・ドレインだ。

ドレインは冷ややかな顔をして河合にいった。「リタイアはクルーのせいじゃないかもしれないだろ(ゼイ・マイト・ナット・ビー・リスポンシブル・フォー・ユア・アブステンション・アーント・ゼイ)」

「なんだと？(ホワット)」河合も英語で応じながら、ドレインに詰め寄った。「マシントラブルの責任がクルー以外の誰にあるってんだ(フー・ハズ・ザ・コーズ・ジ・エンジン・ブローク・ダウン)、え？」

「悪いが」とドレインは口ひげを指先で撫(な)でた。「整備の段階から見物してたんだが、きみは自分の手で冷却水を注入しなかったか？」

「……それがどうかしたか？　あんたたちみたいに潤沢な予算があるわけじゃないんだ、なんだってやるさ」

ふうん、とドレインは鼻を鳴らし、マシンを見やった。

メカニックのひとりがサイドポンツーン内の入り組んだ排気管を撫でまわしていたが、ふいに手をひっこめた。「熱(あち)っ！」

ざわっとした驚きが辺りに広がる。

F1チームのメカニックがそんな声をあげるからには、予期しえない部分が熱を帯びていたにちがいなかった。

河合がきいた。「どうしたってんだ」

「このラジエターですけど」メカニックが困惑顔でいった。「とんでもない高温になってますよ」

「なんだって。どういうことだよ」

「こんなに短時間で沸騰するなんて、とても考えられない。最初から冷却水の代わりに、お湯が入れてあったとしか……」

「湯!? 馬鹿いえ。俺がそんな物を注入するわけないだろ」

ところがそのとき、ピットクルーがこわばった顔でポリ容器を持ってきた。「あのう……。河合さんが冷却系に入れたの、これですよね」

「ああ、そうだ」河合が液体の入った容器をひったくった。「ちゃんと確かめて入れたんだ、間違えるわけが……」

河合の表情が凍りついた。

まさか。そうつぶやきながらグローブをはずし、震える手で容器のなかの液体に触れる。

次の瞬間、河合の手から容器が滑り落ちた。

中身はぶちまけられ、ピットの床に水たまりがひろがった。

その水たまりからは、うっすらと湯気が立ち昇って見えた。

美由紀はかがみこんで、その水面にそっと指先で触れた。

間違いない、湯だった。河合は初めから高温の状態で冷却水を注入していたのだ。

張り詰めた沈黙が、ピットに漂った。

轟音が近づいてくる。國瀬のマシンが徐行し、ピットインした。

河合のマシンの背後に停めると、國瀬はクルーの手を借りて降車にかかる。

ヘルメットとフェイスマスクを外し、國瀬はじれったそうな顔で駆け寄ってきた。「今度はどうしたってんですか、先輩！」

「こんな」河合は血相を変えていた。「こんなの、あるわけねえ……」

誰もが一様に、河合に対し冷ややかな視線を向けていた。

シャッター音が響く。カメラマンがサーキットに下りてきて、マシンの脇にたたずむ河合の姿をカメラにおさめている。

「撮るな！」河合は怒鳴ってから、クルーたちを見渡した。「おい、まさか……。俺を疑ってるのか？　きのうと同じように、また俺がしでかしたってのかよ。いや、きのうだって、俺の見間違いじゃなかった。旗は赤かったんだ！」

悲痛な叫びが、状況をさらに悪化させる。クルーのなかには、ホスピタリティ・ブースに引き揚げていく者さえいた。

逆に、ピット前にはカメラマンが数を増していた。フラッシュが焚かれ、シャッターが切られる。取り乱す河合の姿が、報道陣の恰好の餌食になりつつあった。

「先輩」國瀬が声をかけた。「やめてください。いまは騒ぐだけ損です。モーターホームに戻りましょう」

しかし、なだめようとする國瀬の態度が逆に癇に障ったらしい。河合は國瀬を突き飛ばした。「おまえに何がわかる！」

國瀬は体勢を崩し、片腕を下にして半身の姿勢で床に激しく叩きつけられた。

直後、國瀬は悲鳴をあげ、腕を押さえて転がった。

上腕が不自然なほうに曲がっている。脱臼、あるいは骨折したのかもしれない。

河合はしまったという表情を浮かべたが、何もできないようすで立ちすくむばかりだった。

クルーたちが國瀬に駆け寄る。助け起こそうとすると、國瀬は苦痛に顔を歪めて絶叫した。

もはや収拾のつかない混乱状態だった。

スーツ姿の中年の男が、河合に足ばやに歩み寄る。美由紀はそれが、このチームのオーナー兼監督である有坂誠だと気づいた。

有坂は、いきなり河合の頬を拳で殴りつけた。

河合は怒鳴った。「何するんですか！」

だが、憤っているのはむしろ有坂のほうに違いなかった。「河合！　貴様、どれだけうちの看板に泥を塗れば気が済むんだ！」

「俺は何もしてない……。誓ってもいいです、有坂さん。面倒なんか起こしてない」

「貴様は旗の色を見間違え、今度はみずからマシンを整備不良に至らしめて自滅した。どこの誰から金を貰った？　負ければ幾らもらえる約束なんだ、え？」

「まさか……有坂さん。俺を疑っているんですか」

「これが貴様の稚拙な妨害工作でなくて、何だというんだ。恥を知れ！」

チームはもはや存続の危機に立たされている。混乱はいっこうに収拾する気配がない……。

だが、美由紀は思った。河合の主張は正しい。彼は心の底から必死だ。嘘をついてはいない。

すべてが河合の気の迷いに端を発しているように見えて、これは彼ひとりに責任をなすりつける巧妙な罠である可能性がある。

だとするなら、ほかに誰かが仕組んだことなのだろう。いったい誰が……。

有坂の顔に欺瞞のいろはない。痛みをこらえながら口論を見守る國瀬も同様だった。國瀬の目には涙が浮かんでいる。チームメイトの起こした不祥事が悔しくてたまらない、その感情は一点の曇りもなく表情にあらわれている。

クルーや、メカニックにも怪しい素行を見せる者はいない。

美由紀はピットの外に目を移した。

混乱を見守る人々。

ふと気になったのは、パナソニック・トヨタ・レーシングのつなぎを着た、長髪で色白、華奢なドライバーだった。

日本人Ｆ１レーサーがほんの数人しかいない現状では、彼の名も広く知れ渡っている。専光寺雄大。トヨタ傘下の大手部品メーカーの御曹司ときく。最も細い首のＦ１乗りとして、クルマにあまり記事を割かない女性誌にもよくグラビアの特集が組まれている。

この状況をまのあたりにしても、専光寺は妙に冷静だった。感情をほとんど覗かせていない。

とはいえ、彼が仕組んだこととは思えなかった。発覚を恐れているようすもなければ、ライバルの凋落を嘲う気配もない。

澄んだ目だった。哀れみの感情がかすかに漂っている。そして、かすかな怒りも抱いているように見受けられた。

その憤りは、この破壊工作を働いた者に向けられているに相違なかった。クルーたちにこみあげるのと同種の感情。プロドライバーとして河合と自分を重ね合わせたときに初めて生じる怒り。

犯人は専光寺ではない、ほかにいる。

有坂が河合に怒鳴った。「だいたい、誰がマシンをいじれといった！　貴様の仕事は速く走ることだ、不用意にエンジンに触れるな！」

心外だという顔で河合が言い返した。「俺もメカニックの資格を持ってますし、今期はドライバーが整備をしてはならないっていうレギュレーションもないでしょう？　規定どおりに手を消毒してから取り掛かったし、問題ないはずです」

「他のクルーが使った消毒液は使ってはならない規則だ」

「それも知ってます！」河合はワゴンテーブルを指差した。「使い捨ての消毒剤の容器を新たに開けて、自分のためだけに使いました。信じてください、俺はなんの違反もしてないんです！」

美由紀は、ワゴンテーブルの上に目を向けた。

工具類と一緒に、筒状のプラスチック製の容器が数本置いてある。消毒剤のラベルが貼ってあった。いずれも蓋が開いている。

そこを眺めるうちに、美由紀は違和感を覚えた。

蚊が逃げていく……。

自衛隊を辞めても、美由紀の視力はまださほど低下してはいなかった。しばらく凝視したが、辺りを飛び交う蚊は、そのワゴンテーブルにだけは寄りつこうとしていなかった。

メカニック用の消毒液は、ただ手の脂を落とすだけのものでしかなく、成分は石鹸と変わらない。どうして蚊が嫌うというのだろう。

やがて、ひとつの考えが浮かびあがってきた。

そう、それならありうることだ。

有坂は河合に向かって声を張りあげていた。クビだ、貴様の顔などもう見たくない。

「待ってください！」と美由紀はいった。

ピットがしんと静まりかえる。有坂、河合、國瀬、そして全員の目がいっせいに美由紀に注がれた。

舎利弗がびくついた声でささやいた。「おい、美由紀……。またどうするつもりだい？」

「なにかね？」と有坂が険しい顔でたずねてきた。

美由紀は答えた。「河合さんは嘘をついていません」

「何？　どうしてかね」

「顔を見ればわかりますから」

「もう」舎利弗が情けない声をあげた。「頼むよ。また頭をさげてまわる羽目になるじゃないか」

「心配しないで」美由紀は舎利弗につぶやいた。「今度は物証があるから」

有坂は眉をひそめた。「すまんが、きみはいったい誰だね？　うちのピットにどうして立ち入ってる？」

「河合さんのご依頼できました」

「あ」河合は目を瞠った。「じゃああなたが、岬先生……？」

美由紀はうなずいてみせた。

「岬？」と有坂は河合にきいた。

「ええ」と河合がいった。「有坂さん、旗の色の件で、医師に診てもらえとおっしゃったでしょう？　いわれたとおりにしましたが、脳検査でも異常なしだったんで、その医師が心因性を疑ってみろといってきて……。臨床心理士とコンタクトをとるよう勧めてきたんです」

「臨床心理士？　彼女が？」

「それも、俺らみたいな特殊な状況下でのことが理解できる人、すなわち時速三百キロの世界で動体視力を働かせたとき、色覚異常が起きるかどうかを判断できる臨床心理士……。そんなのいねえよと思ったんだけど、ひとりだけ該当する人物を見つけたんです」

「……ああ。岬って、岬美由紀さんかね？　戦闘機乗りから転職したっていう……」

どよめきが辺りを包んだ。カメラのフラッシュもひっきりなしに閃きだした。

注目を浴びるのは苦手だ。でも、河合の潔白は証明せねばならない。

「有坂さん」と美由紀はいった。「色覚異常は、色を区別する錐体細胞の変異によって生じますが、赤と緑の見分けが困難になることは男性二十人にひとりの割合であっても、青を赤と間違えることはありえません。そもそも色覚異常はただ特定の色が判別しづらいというだけのものであって、信号さえ見えれば運転免許をとるにも支障がないんです。劇的に違う色に見えて、しかも自覚がないことなんかありえない」

「ならば、河合が嘘をついているとしか考えられん。あなたは否定したが、それ以外に可能性は……」

美由紀はクルーに告げた。「ホスピタリティ・ブースからホットコーヒーを持ってきて」

「あん？」と有坂は面食らった顔をした。

その有坂の腕を引いて、美由紀はサイドテーブルに連れていった。強引に有坂の手を消毒液につけさせる。

有坂はあわてたようすで手をひっこめた。「何をするんだね」

「いいから」美由紀はクルーが運んできたコーヒーカップを取りあげて、有坂に渡した。「どうぞ」

妙な顔をした有坂が、カップを受け取った。「冷たいな。アイスかね？」

「召しあがってみてください」

怪訝な表情のまま、有坂はカップをあおった。

とたんに、カップを放りだして叫んだ。「熱い！」

驚きの声が渦となって辺りにひろがった。

河合がきいた。「どうしたっていうんです？」

美由紀は消毒液の容器を指し示した。「これ、中身はハッカ油です」

「ハッカ油？」

「ええ。蚊が逃げていくので気づきました。北海道で採れる薄荷の葉を乾燥させ、水蒸気で蒸留して精油したものです。成分の八割はエル・メントールというもので、ヒトの皮膚の冷感受容体を刺激して、脳に冷たいと思い違いをさせます」

「じゃあ」河合は目を丸くした。「俺はそれに手を浸したせいで、湯を水だと思いこんだってのか」

有坂が驚きのいろを浮かべた。「しかし……。どうしてうちのピットの冷却水が湯になってたというんだ？」

美由紀は、床に転がったヘルメットを取りあげた。「何者かによる人為的な罠だったとしか思えませんね」

河合のヘルメットを眺めまわす。妨害工作のひとつが化学反応を利用したものだった以上、もうひとつの欺瞞もおおよそ見当がつく。

ヘルメットの開口部を見た。透明のシールドの上には、同じく透き通った数枚のセロファンが貼り付けてある。

舎利弗が近づいてきてたずねた。「それ、なんだい？」

「〝捨てバイザー〟よ。レース中に汚れて前が見えなくなったときに、一枚ずつ剝がすの。換気扇のコーティングみたいなものね」

「へえ……。そんなものがあるの？」

「ええ。すべてのレーサーのヘルメットに貼りつけてある」

「知らなかったな」

美由紀は〝捨てバイザー〟を次々と剝がしていった。

やがて、表面の光沢に違和感のあるフィルムが見つかった。

それを光にかざして、美由紀は思わず笑った。「やっぱりね」

河合がきいた。「今度は何だい？」

フィルムをヘルメットから剝がし、有坂に手渡しながら美由紀はいった。「それを通して周りを見てください」

いわれたとおりにした河合が、驚嘆の声をあげる。「これだ！　俺が見たのは、こいつだ」

「どれ」と有坂がフィルムを受け取り、目に当てた。「……なんてことだ。ルノーの看板が赤だ！」

石川県の白紅神社が、紅白玉の予言に用いたのと似たからくりだった。美由紀はいった。

「無色透明だった酢酸ビニル樹脂が空気中の水分に触れて、十秒ほどで乳液(エマルジョン)化して変色する。紫外線を遮断する色調になるから青が赤に見える。UVカットのサングラスをかけていたのと同じだったわけね。さらに数分経つと乾燥が進んで元通りになるから、河合さん以外にはこの現象を体験する人はいない」

河合はヘルメットをひったくり、眉間(みけん)に皺(しわ)を寄せてバイザーを眺めまわした。

たちまち顔面が紅潮する。視線があがり、辺りを見まわした。

「誰だ」河合の声がピットに響いた。「こんなふざけた真似をしやがったのは、どこのどいつだ！」

張り詰めた空気が漂い、沈黙が降りてくる。カメラマンのシャッター音さえ鳴りやんでいた。

互いの視線が交錯しあう。誰もが、疑心暗鬼のこもった目を辺りに走らせている。

そんななかで、美由紀はひとりの男の顔に注意をひきつけられた。

ST&Fウィリアムズのスチュワート・ドレイン。顎が下がって口が半開きになり、上下の唇は水平方向に伸びた。と同時に、上瞼が上がり、下瞼は痙攣した。

ほんの〇・一秒に満たない表情の変化、ドレインはすぐに視線を逸らして平静を取り繕うと、サングラスをかけて目もとを隠した。そして踵をかえし、群衆のなかを立ち去りかけた。

大勢の人々のなかで、そのような反応をしめしたのはドレインひとりだけだった。しかも眉毛が中央に寄っていた。これは、恐怖とともに不安の心理を抱いていたことを意味する。現状においては、秘密の発覚を恐れるとともに、体裁の悪さを感じたがゆえの反応とみるべきだ。

妨害工作はあの男のしわざか……。

有坂が困惑ぎみに、河合に弁明を始めている。クビを申し渡したのを撤回したがっているらしい。

ただし美由紀は、その会話に聞きいっている暇はなかった。ドレインの姿が消えていく。いますぐ捕まえて真相を吐かせねばならない。

群衆の輪から抜けだして、人ごみを掻き分けながらピットをでる。報道陣のなかをすり抜けて、ドレインの背を追った。

足早に遠ざかるドレインに追いつこうとしたとき、ふいに美由紀は何者かに腕をつかまれた。

驚いて立ちどまり、振りかえる。

専光寺雄大が、すました顔でささやいてきた。「よせ。怪しむべき人間を見つけたとしても、それが世界的なF1レーサーだった場合、追及すべきじゃない。おおごとになるからね」

痩身に似合わず、専光寺の握力はとてつもなく強かった。万力に締めあげられたかのようだ。

「放して」美由紀は専光寺の手をふりほどいた。「躊躇している場合じゃないの。河合さんの潔白を証明しなきゃ」

「ドレインを捕らえても、物証がなければどうしようもない。何度も経験していることだろう、岬美由紀？」

びくっと全身に電気が走る。

警戒心とともに、美由紀は専光寺を睨みつけた。「なぜそんなことを？」

「さあね」専光寺は小声でいった。「きみはいろんな世界に首を突っこんできただろうけど、モータースポーツ、それもF1業界は初めてだろう？　ドライバーのスキャンダルは、スポンサーにとって天文学的な損失になるから、彼らも躍起になって反撃してくる。逆に訴えられることになるよ」

「慣れてるわ」

「そうかい？　新聞で読んだけど、前の裁判では独善的に突っ走ることを咎められたんじゃなかった？　さすがに今度はやばいんじゃないかな」

「ST&Fがわたしを訴えるっていうの？　彼らの雇ったドライバーが起こした不祥事は追及せずに？」

「彼のスポンサーはST&Fだけじゃないよ。あのチームは昨年度からトヨタがエンジンを提供してる」

「同じくトヨタの後ろ盾を得ているあなたのチームにも迷惑がかかるってこと？　だからドレインをかばおうとしているのね」

「違うよ、美由紀」専光寺は馴れ馴れしく呼び捨てにしてきた。「僕を共犯呼ばわりする気かい？　表情をよく読んでみたらどう？」

美由紀は面食らって、専光寺の顔を見つめた。

澄んだ瞳だった。不安はおろか、動揺ひとつ感じられない。敵愾心や猜疑心もない。かすかにいろを変える虹彩にはむしろ、真逆の感情が浮かんでいた。同情心、そして哀れみ。愛しみ。

愛しみ……？

「あなたは……」美由紀はつぶやいた。「わたしに、好意を抱いているの……？」

専光寺はしばし無言で見つめかえしてから、ふっと笑った。

「ずいぶん驚いているね」と専光寺はいった。「男に好かれるのは悪い気分じゃないだろう？」

「……わからない。まだ、どう捉えていいのか……。っていうか、なぜそんな気がしたんだろ……」

というよりも、なぜ受けいれられたのだろう。どうして専光寺が自分への愛情をしめしているると気づきえたのだろう。

拒絶するはずなのに。

美由紀はささやいた。「ありえない……。こんなことがわかるなんて」

「きみは怖い女性だね。出会った男性がきみに惚れているかどうか、とうとう一瞬で見抜いてしまえるようになった」

「……いいえ。わたしはそうは思わない。現に、いまあなたがほかにどんな感情を抱いているのか、わからない」

不思議だった。専光寺の不随意筋はたしかに機能していて、無意識のうちに表情は絶えず変化しているのだが、そこから受動的に読みとれるはずの感情がない。いや、あるにはあるのだが、共感が得られないせいで、どんな感情なのかわからない。

メフィスト・コンサルティングのセルフマインド・プロテクションとは違う。いままで接触したことのない感情の持ち主。人類の普遍的な意識とは異なる情動を身につけている、そうとしか思えない。

専光寺の目を見つめるうちに、心拍が速まっていくのを感じる。体温も上昇しつづけている。

愛情を向けられていると、どうしてわかったというのだろう……。

すると、専光寺が美由紀の思考を読んだように告げてきた。「人には、あらゆる感情を初めて経験するときがある。すべてを誰かから教わるわけではなく、環境から得られる情報と内面を照らし合わせ、自分で折り合いをつけて納得していくものさ。いまがその瞬間だったわけだ。僕は純粋に、きみを好きだと思っていたよ、岬美由紀。きみがその感情を読んでくれて嬉しい」

前例のない感情に思考が掻き乱されそうになる。

冷静になれ、と美由紀は自分にいいきかせた。まだわたしは、感覚のどこが正しくてどこが間違っているかを客観的に検証しきれていない。どこかに欺瞞が潜んでいる可能性がある。

「何者なの？」と美由紀はきいた。

「レーシングスーツを着ているときにその質問を受けたのは初めてだ。僕もそれなりに名を知られていると自負していたが、錯覚だったかな」

「いえ、有名なF1レーサーとしてじゃなく、もうひとつの顔よ」

「はて。どういうことかな」

「わたしの事情を知りすぎている気がするんだけど。表情と感情の相関関係についてもね」

「美由紀。きみについての報道は毎月のように目にする。恋愛がうまくいかないっていう話も雑誌にでているし、ワイドショーですら話題にのぼってる。ただし、世間はきみについて誤解してる。千里眼の女なんて言っているが、実際にはそれなりの動体視力の持ち主が心理学を学習すれば、同じ条件を得ることになる」

「じゃあ、あなたは……」

専光寺はうなずいた。「F1マシンを操るのも相当な動体視力が必要でね。心理学については、最初はポール・エクマン教授の著書を興味本位に拾い読みするていどだった。そのうち深く嵌(はま)りこんで、気づいたときには人の表情の変化がやたらと目につくようになっていた」

「あなたも、動体視力と心理学の知識が結びついたっていうの？」

「そのようだね。きみをニュースで知ったのはごく最近のことだ。インタビューに煩わしそうに答えるきみの発言を聞くうちに、僕と同じ境遇にあることを知った。表情から感情が読める、そのせいで人間不信に陥っているとね」

「人間不信だなんて。わたしは……」

「違うっていうのかい？　それは自分の心から目を背けすぎだろう」

「……あなたは、わたしと同じぐらい感情が読めるの？」

「比べたことはないからわからないけど、それなりにはね」

「ドレインが怪しいってことにも気づいてた？」

「ああ、真っ先にね。だがそれを証明することはできないから、黙っていた。と同時に、きみも同じ問題に直面せざるをえないと気づいて、こうして呼び止めさせてもらったんだよ。さっきの妨害工作と、ドレインを結びつけることはできない。きみや僕がそう感じるからといって、糾弾することは不可能だ」

ふたりに沈黙が降りてきた。

思わずため息を漏らし、美由紀は視線を落とした。

「この悩みに共感してくれる人がいるぶんだけ、いままでよりマシってことかしら」

「考え方しだいだよ、美由紀。少なくとも僕のほうは、きみに近いものを感じている」

「……わたしはまだあなたを信用したわけじゃないわ」

「ご自由に。でも、僕らは似たもの同士だ。心を許しあったほうがお互いに楽になるはずだよ」

「住んでいる世界がまるで違うのに？」

「どうかな……。察するに、きみのほうから垣根を超えてくることになりそうだけどな」

「それ、どういう意味？」

「すぐにわかるよ。じゃ、僕もフリー走行の準備があるから」

そういって専光寺は背を向け、歩き去っていった。

追いかけようとして、ためらいがよぎる。

いまわたしの胸をよぎった感情は何だろう……。

彼ともう少し一緒にいたいと欲しているのか？　彼がわたしに好意を持ってくれている、その真偽をたしかめたがっているのだろうか？

会おうとすれば、また会えるかもしれない。いま急ぐ必要はないだろう。でも……。

混乱するばかりの思考に頭をかきむしりたくなる。

まだ信じちゃいけない。だいいち、彼の感情は漠然とした愛情以外、まるではっきりしなかったではないか。

これまでも男性を信じようとして、罠に落ちたこともある。読めない感情がある以上、先走ってはいけない。

そう思いながらも、美由紀はしばしその場に呆然と立ち尽くしていた。専光寺の背が群衆のなかに消えていくのを、ひとり静かに見送る。

背後に駆け寄ってくる足音がした。

振り返ると、舎利弗と有坂が走ってくるところだった。

「岬先生」有坂は満面に笑いをたたえていった。「高名な岬先生とは知らず、失礼をお許しください。河合もしきりに感謝してました。おかげで私は、優秀なドライバーのクビを切らずに済みましたよ」

舎利弗のほうは、美由紀を気遣う視線を向けてきた。「気分はどう？」

「ええ……悪くはないわ。こんな気持ちは初めてよ」

「初めてって？」

「いえ、なんでもない……」美由紀は有坂に向き直った。「それより、チームメイトの國瀬さんのほうはだいじょうぶですか？　怪我してたみたいですけど……」

有坂の表情が曇った。「骨が折れているようです。問題は、フリー走行がまだ完了していないことです。本年度のレギュレーションでは、ふたりひと組でゴールしないと予選にエントリーできないことになっていて……」

「困りましたね。でもサードドライバーがいるでしょう？」

「それが……。昨年からはフリー走行でサードドライバーは起用できなくなってるんです。本戦に出場しないことが前提のテストドライバーが併走することは認められているんですが、到着が遅れてて……」

舎利弗が有坂にきいた。「じゃあ、来てから再開ってことですか？」

「いえ。フリー走行に割り当てられた時間は各チームともに限られてます。待っていたら河合は失格とならざるをえません」

悔しそうな有坂の表情を眺めるうちに、美由紀のなかにふと考えが浮かんだ。

「有坂さん」美由紀はたずねた。「テストドライバーの条件は？」

「GP2なら問題なしですが、フォーミュラ・ニッポンに出場できる条件が整っていれば、今期のF1にはテストドライバーとして登録できます。近場にお知り合いでもおられるんですか？」

美由紀は重苦しい気分で口をつぐんだ。

フォーミュラ・ニッポンの出場資格といえば国際B級ライセンス以上だ。臨床心理士になる以前に、わたしはそのライセンスを取得している。

思いがそこに及んで、美由紀ははっとした。

専光寺が告げたのは、このことか？　彼は予測していたのだろうか。わたしがテストドライバーになりうることを。

舎利弗が困惑顔できいてきた。「美由紀。どうかした？」

有坂も急かしてきた。「テストドライバーの成り手がいるなら、紹介してください。一刻を争うんです」

深く長い自分のため息を、美由紀はきいた。

「仕方ないですね」と美由紀はつぶやいた。「レーシングスーツって男女兼用でしたっけ？」

安全保障理事会

ノルウェーの画家、ペール・クロフが描いた巨大な壁画には、遺灰から飛び立つ不死鳥の姿が描かれている。第二次大戦から世界が蘇(よみがえ)ったことを象徴する油絵だった。

正面のこの壁画から目を逸(そ)らすと、イーストリバー・サイドの窓辺に飾られているタペストリーは、ゴールドと淡いブルーに彩られていた。

美しい議場だと長尾記代子(ながおきよこ)は思った。国連本部の安全保障理事会には何度となく出席しているが、その内装に気をとられたことは、これまでなかった。

円卓を埋め尽くす五つの常任理事国、および十の非常任理事国の全員が、議会の進行を無視して声を張りあげ、ひたすら喧騒(けんそう)に包まれている。うるさいばかりでいっこうに進展しない会議。日本大使館から派遣された身としては、暇を持て余すのも致し方ないことだった。

ところがふいに、中国の代表である太った男が英語で告げた。「日本のヤング・レディが意見したがっているようだが」

辺りはしんと静まりかえった。円卓の全員が、後方の雛壇(ひなだん)に座っているにすぎない記代子に目を向けてきた。

困惑が顔にでないよう努めながら、記代子はいった。「失礼。べつに発言を求めてはいません」

「おや、そうかね」中国の代表はとぼけた顔で告げた。「片手をあげているように見えたので」

頬杖(ほおづえ)をついて、万年筆をもてあそんでいただけだった。挙手でないことは、どうせ中国人もわかっていたのだろう。常任理事国として大国ぶることができるこの場で、日本が若手、それも女を寄越したことを遠まわしに批判したがっているのかもしれない。

二十七で外務省の領事部に配属になって以来、海外ではよく出くわす態度だ。さして気にもならない。

ベルギーの代表がいった。「ご列席の皆様。こうして議会の進行を妨げあっていたのでは、アンノウン・シグマの問題はいっこうに解決には向かいません。われわれとしては、まずはあの国籍不明機の正体を突き止めることが先決ではないかと」

「正体なら知れている」ロシア代表が憤然としたようすで声を響かせた。「そっくり同じ

ＵＡＶを開発していた国のものである以外に、どう考えようがある」

同じく常任理事国であるフランス代表が顔をしかめた。「根拠なく犯人呼ばわりすることはやめていただきたい。わが国は各国を巡り、事情の説明にあたってきた。われわれのＵＡＶはまだ開発段階だが、その設計の概要を流用し、どこかの国が独自に開発した可能性もある。残念ながら、軍事面での技術供与をおこなってきた友好国にこそ、その疑惑を禁じえないが……」

イギリスの代表が顔を真っ赤にして立ちあがった。「それはわれわれのことをいってるのか！　お尋ねするが、ＵＡＶの設計技術を間接的にもテロ支援国家に輸出した事実は貴国にはないのかね。噂ではそれによって何十億ユーロも外貨を獲得しているそうだが」

「事実無根だ。あなたたちこそＵＡＶの合衆国との共同開発を推進することに熱心だったじゃないか！」

場内はまた騒々しくなった。どの国も、かねてから鼻持ちならないと感じていた仮想敵国を槍玉に挙げ、犯人の可能性があると糾弾してばかりだ。そして、その証拠はいっさい示されていない。これでは子供の喧嘩だった。

パナマ代表が彼らの言語でなにかを喋った。記代子のイヤホンに通訳の声が聞こえてくる。「お聞きください。私たちが知りたいのは、アンノウン・シグマなるＵＡＶの目的です。スイスでの事件と同じことは、この四十八時間以内に六つの国で起きている。いずれも新種の鳥インフルエンザ、ヴェルガ・ウィルスの被害が深刻化している地域で、そのワクチンが届くときを見計らって襲来、輸送機を撃墜している」

咳（せき）ばらいをして、イタリア代表が告げた。「これは一種の侵攻です」

「何？」とアメリカの代表が身を乗りだした。

「用意周到に準備された先制攻撃だということです。アンノウン・シグマがいかに強力とはいえ、その数は一機しか確認されておらず、しかも機体のサイズからみて戦略核など大規模空爆用の装備は搭載できない。攻撃力はせいぜい、領空侵犯措置で飛んできた空軍を撃退するていどです。しかし、ヴェルガ・ウィルスと併用することで、恐るべき効力を発揮します」

「ワクチンを与えさせないことで、ウィルスによって国家を危機に至らしめるわけだな？」

「ええ。すなわち昨今のヴェルガ・ウィルスの大流行（パンデミック）は、アンノウン・シグマを開発したのと同じ国のしわざでしょう」

　また列席者はいっせいに勝手な発言を始めた。それぞれの声はよく聞き取れないが、互いに指を差し合っているさまを見れば、さっきとほぼ変わらない主張を繰り広げるばかりなのだろう。

しかし、どうにも気になる。記代子は議長に向かって挙手した。

議長よりも早く、中国代表が目ざとくこちらを注視した。「おや。今度こそ本当に言いたいことがあるようだ」

いちいちこちらを目立たせようとしてくれるのは、やはり東洋のリーダーを気取っているからだろうか。それとも純粋に、公平であることに努めようとしているのか。

どちらでもかまわない。静かになった議場で、記代子は発言した。「主犯は国家でないのかもしれません」

複数のため息が漏れたのが聞こえる。

インドネシアの代表がいった。「アル＝カイーダやタリバンにUAVの開発など無理だよ。ヴェルガ・ウィルスも彼らの活動地域とは無縁に広まっている」

記代子は首を横に振ってみせた。「テロではなく、利益を目的としていたら？　メフィスト・コンサルティング・グループは過去に何度となく、国家間の軍事的均衡を崩そうとしてきた疑いがあります」

議場がざわつくなか、スロバキアの代表の声が響いた。「その名を口にするな！」

ロシアの代表は冷ややかに告げた。「どうしてかね。われわれは平気だね。資本主義搾取国家がメフィストの特殊事業課に大枚を叩いて、よからぬことを依頼した過去については、よく存じあげないが」

すかさずイギリス代表がぴしゃりといった。「当てこすりはよせ。各国が政治のどの面を民間企業に委託しようが、諸外国が口出しできる問題ではない」

「他国への戦争行為であってもか?」

誰もがまた興奮ぎみに喋りだした。なかでもカタールの代表が声を張って圧倒した。

「メフィスト・コンサルティングなる巨大企業グループが、複数の国家からの依頼を受けて戦争や地域紛争を起こそうとしたのは、れっきとした事実だ。いうなれば連中は規模の大きい戦争屋なわけだ。今度も連中のしわざに相違ない」

同意をしめす拍手が鳴り響く。だがそれは、この場にいる全員のうち約半数だった。残りの半分は怒号を響かせている。ざっと見たところ、過去にメフィストと関わりが噂された国々ばかりだった。

その代表格であるアメリカは、なぜか神妙な面持ちをしていた。

やがてマイクに口もとを近づけて、アメリカ代表は告げた。「わが合衆国大統領は、けさメフィスト・コンサルティング・グループのジータ・クローネンバーグ総裁と電話で会談した。グループ内の全企業の抱える、いわゆる特殊事業について確認を求めたが、アンノウン・シグマおよびヴェルガ・ウィルスについては関与していないとのことだった」

デンマーク代表がきいた。「そんな話が信用できるのかね?」

「できなくても、信じていただくしかない。わが国はメフィストの動向には目を光らせてきたが、現在のグループはマリオン・ベロガニア体制のころとは大きく変化している。情報の開示にも積極的だ」

皮肉るような野次、ブーイングが飛び交った。

アメリカ代表はそれでも、表情を変えなかった。「アンノウン・シグマによって輸送機を撃墜された六カ国を見るといい。スイス、ヨルダン、モザンビーク、トリニダード・トバゴ、ミクロネシア連邦、スリランカ。いずれも思想的にも政治的にも共通点はなく、なぜ攻撃の標的となったのか定かではない。これらの国が破滅の危機に瀕したことで利益を上げられる経済的陰謀も想像しにくい。そのほかのヴェルガ・ウィルスの被害が深刻な国々も同じだ。何をもって狙われたというんだね。メフィストは人類史を統括するなどと自負する面もあるが、その活動内容はおおむね営利目的に限られている。現在のような無差別攻撃では、利益などあげられない」

ようやく議場に静寂が戻ってきた。

「しかし」グレナダ代表が雛壇で立ちあがった。「ワクチンの輸送をアンノウン・シグマに阻止されている以上、ヴェルガ・ウィルスの感染被害の拡大は防げない。メフィストでなくても、何者かがそれを意図したことは明白だ。人為的にH5N1型の鳥インフルエンザ・ウィルスを進化させ、培養させて、世界各地の鳥を感染させてまわっている者たちがいるわけか？」

フランス代表は苦い顔で首を横に振った。「ありえない。これだけのパンデミックを地球規模で引き起こすからには、大量のウィルスを用意せねばならない。多くの鳥に同時に感染させるにも、なんらかの資材が必要だろう。アンノウン・シグマに積める量ではないはずだ。船にせよ飛行機にせよ、各国の国境の臨検を受けずにそれらを運びおおせるとは思えない」

「だが現に世界を移動してる。一刻も早くその国境なき死神どもをあぶりだし、殲滅すべきだ！」

ロシア代表が茶化すようにいった。「それはフランスに対する宣戦布告だな」

「何だと？」フランス代表がまた血相を変えた。「まだわが国をテロ国家呼ばわりする気か！」

騒がしさを増した議場の雛壇で、記代子はため息を漏らした。堂々めぐりだ。

常任理事国のうち一国でも反対したら、いかなる議題も否決される。その常任理事国どうしがいがみ合っている現状で、どうして事態が打破できよう。

世界的なパニックを避けるため、輸送機撃墜についての報道は控えられているが、状況は絶望的だった。現在までのヴェルガ・ウィルスによる死者は、全世界の総計で四万人を超える。大部分はワクチンの到着を妨害された六つの国の患者たちだった。

いまのところ感染者のでていない日本にとっても、対岸の火事でありつづけるはずがない。

また視線は壁の絵画を、タペストリーをさまよう。記代子は万年筆の先にキャップを嵌めて、書類をファイルに戻した。

打つ手なし。総理に報告できることがあるとすれば、そのひとことでしかない。

テストドライバー

ピットにぶらさがったモニターには、CNNニュースが映っていた。アメリカ人のキャスターが英語で告げている。

この新種の鳥インフルエンザは空気感染の疑いもあるというのに、どうして被災国は国連にワクチンを要請しないんでしょう？　赤十字がワクチンを輸送したか否か、なぜか公表されていません……。

美由紀に聞こえたのはそこまでだった。けたたましいエンジン音が爆発のように轟き、辺りのもの音のすべてを掻き消した。

身につけたレーシングスーツは、自衛隊で着ていた難燃性繊維のアロマティック・ポリアミド製フライトスーツよりずっと動きやすかった。少し胸もとはきついが、全身に重い装備品をぶらさげていたパイロット時代にくらべると、身のこなしに支障はない。さいわいサイズもぴったりで、肌にも馴染んでいる。

炎天下のサーキット、直射日光が容赦なくピットを焦がす。汗だくになったクルーたちが、二台のマシンの周りを駆けずりまわって最終調整に追われていた。

それでもクルーたちは、見慣れない女性ドライバーの登場にはさすがに目を奪われるらしい。誰もが手をとめてこちらを見やる。

美由紀は居心地の悪さを感じながら、とりあえず笑みを浮かべた。「どうも……」

駆け寄ってきた有坂が声を弾ませていった。「いましがたFIAの承認を受けることができました。正式にテストドライバーとして登録されましたよ」

「それは……よかったですね」

「岬さんが国際B級ライセンスを持っていてくれて助かりましたよ。なに、レギュレーションを満たすために一緒に走ってくれればいいだけのことです。タイムなど気にせず、どれだけ周回遅れになってもらっても構わない。河合が失格にならなければ、それでいいんです。無理はしないでくださいね」

いきなりF1マシンに乗る羽目になった時点で、もう充分に無理をしている。美由紀はため息をついてヘルメットを受け取り、マシンに歩きだした。

舎利弗が歩調をあわせてきた。「だいじょうぶかい？　けさも抗不安薬を飲んだばかりだろう？」

「心配ないわ。テストドライバーはドーピング違反を問われないんだって」

「そういう意味じゃないよ。症状はおさまっているだろうけど、きみが精神的に不安定であることに変わりはない」

「ああ……。そういえばそうだったわね」

「え？　どうしたんだい、美由紀」

　美由紀はふっと笑った。「おかしなものね。ほどよい緊張感が逆に心を安定させているみたい。自衛隊にいたころもこうだった。ふだんはイライラしてたけど、スクランブル発進の命令を受けるとかえって気持ちが安らぐの」

「ふうん……。やっぱり美由紀って、自律神経系の交感神経が優位なタイプなのかな。スポーツウーマンだね」

「どうかな。のんびりするのも好きよ。でもいまは、速く走れることが嬉しくて仕方ないの。公道でスピード抑えるのがじれったくてしょうがなかったから」

「怖いな。くれぐれも事故には気をつけてよ。精神面に異常を感じたら、すぐにリタイアして」

「ええ。でも平気よ」

　同じレーシングスーツを着た河合が、グローブをはめながら足早にやってきた。

美由紀は声をかけた。「河合さん。よろしく……」

だが河合は目をあわせようともせず、神経質そうに告げた。「周回遅れになったら早めに脇にどいてくれ。進路を妨げないでくれよな」

それだけいうと、河合はマシンのほうに歩き去っていった。

「なんだい」舎利弗が不満そうに口をとがらせた。「美由紀のおかげで助けてもらったってのに……」

有坂が咳ばらいをした。「失礼いたしました。河合もナーバスになっているんです。走ることだけがとりえの男ですから、たとえテストドライバーといえども、自分以外のレーサーはすべてライバルなんです」

正確には、河合の思いは少し違う。美由紀はそう感じていた。彼は、しろうとがマシンに乗ることに苛立ちを覚えているのだ。茨の道を登りつめて世界トップの二十二人にエントリーした。その誇りを汚されたくないに違いない。

むろんわたしも、彼の励みになりこそすれ、意気消沈させたくない。ここでは彼を支えることに徹さねばならない。

どうぞ、とクルーのひとりがマシンを指し示した。

美由紀はマシンに近づき、その独特の形状を見下ろした。

むきだしになった巨大な四本のタイヤのなかに、骨組のシャーシと表皮のカウからなるボディが存在している。ノーズは呆れるほど細く、いまよりもう少し太っていたら下半身がおさまらなかったかもしれない。フロントとリアのウィングは、本年度のレギュレーションを反映してやや変わった形状をしていた。

メカニックたちが身を退いて静観している。乗るときがきたということらしい。

サイドポンツーンをまたぐようにして、コックピットのなかにおさまり、身を沈める。両脚をノーズに向かって寝かせていく。それは乗るというより、マシンを履くとでも形容すべき動作に思えた。太股を捻じこませて、腰をシートに圧着させる。視線をサイドミラーに向けると、マシンと一体化した自分がいた。

フェイスマスクを手渡しながらメカニックがいった。「これを被ってください。スーツと同じく耐火性です」

「どれだけの火災のなかで、何秒生きてられるの？」

「ええと……八百五十度で三十五秒間です」

「万一の場合はその三十五秒間に脱出しろってことね」

「まあ、そのう……心配はないと思います。たとえ燃料パイプがちぎれても、自動的に漏れを防ぐバルブが装着されてますから」

　別のクルーがステアリングを取り付けにかかった。「さて、よく聞いてください。複雑なボタンがいっぱいついていますが、これらは……」

「知ってる」と美由紀はいった。「これがスターター・ボタンで、こっちはブレーキ調整、それからブースト圧調整、ラジオボタンね。この赤いのは給油口の開閉だっけ？」

「せ……正解です。よくご存じで。レースの出場経験があるんですか？」

「ないけど、マシンには乗ったの。トヨタの展示用車両だけどね。外部からスターターを突っこんでクランクシャフトを回す必要がなくて、イグニッションスイッチを押しただけでエンジンがかかるようになってるやつ」

「ああ……。レクサス本社ロビーや、名古屋の地下街に飾ってあるやつですね？」

「そう。テルミナ地下街は勾配もきつくなくて、わりと走りやすかったわ」

　クルーは眉をひそめた。「走りやすい？」

「いいえ、それはべつにいいの。展示用車両はエンジンもまるで乗用車みたいだったし、サスペンションも乗り心地よかった。これは、そうもいかないんでしょう？」

「おっしゃるとおりです。展示用の振動は市販車と同じぐらい、せいぜい一・五ヘルツというところですが、この本物のマシンでは五ヘルツに達します。そのうえ車重が極端に軽いので、とにかくよく揺れます。サスペンションも硬めの設定ですし、衝撃はほとんど吸収されないと思ってください」

特に驚くには値しないことだった。美由紀は平然とうなずいてみせた。「わかった。ほかには？」

「これをどうぞ」とクルーは耳栓を手渡してきた。「イヤホンも内蔵されてます。しっかり耳をふさいでおいてください。外れると、エキゾーストノートで鼓膜が破れる危険があります」

「ありがとう」美由紀はそれらを耳に詰めて、フェイスマスクを被った。ヘルメットを装着する寸前に、ちらと上方に目をやった。

メインスタンドの最前列に詰め掛けた報道陣や野次馬のなかに、レーシングスーツを着た専光寺雄大の姿があった。

専光寺はじっとこちらを見つめている。ほかの人々と違って、不安げな表情はない。わたしを気遣っていないのか、それとも腕を信頼してくれているのか。

気にしても仕方がない。いまは自分の務めに集中することだ。美由紀はヘルメットのなかに頭部をおさめた。

音が籠もって聞こえる。圧迫感はF15DJのヘルメットと同様だった。こちらのほうが、もう少し視界が開けている。グローブをはめた手も、指先は動きやすい。〝捨てバイザー〟

を剝がすのにも難儀しないだろう。

鋭い電子音が耳もとで響き、ノイズの混ざった男の声がした。「岬先生。聞こえてるかい？」

河合の声だった。美由紀は応じた。「ドライバー同士が会話できるの？」

「ピットのほうで繋いでもらったんだよ。ヘルメット重くないかい？　専光寺を抜いて最も首の細いF1ドライバーの誕生だな。コーナーでは気をつけないと……」

「Gのことなら心配無用よ。空で何度も経験してるから」

「そうか……。それにしても、女性ドライバーが登録可能だとは知らなかった」

「F1史上には過去にふたり女性がいるでしょ」

「うちのチームが採用するとは思わなかったってことだよ。日本の各チームは女性レーサーを雇用しない方針だって聞いてたからな。身体に負担がかかりすぎて、子供を産めなくなったときの補償が懸念されるからだそうだ」

時間が静止したように、美由紀は感じた。

籠もりぎみに聞こえていた周りの喧騒も、ふいに音量を絞ったかのように消えていった。

美由紀は乾いた自分の声をきいた。「そのことなら、さっき、有坂さんにも聞かれたわ。わたしは問題ないの」

「問題ない？　なぜ？」

もういちど辛い告白を繰り返したくはない。

「いいの」美由紀はつぶやいた。「とにかく、有坂さんも問題なしと判断してくれたわ」

「……ふうん。まあいい。じゃ、くれぐれもミスしないでくれよ」

「進路をふさがなきゃいいんでしょ。了解したわ」

ピッと音がして通信が途絶えた。

ほどなく、前方の河合のマシンにクルーが駆けていき、スターターをリアウィング下部のディフューザーに突っこむ。

美由紀もステアリングのボタンをオンにした。クルーがエンジンを始動させる。突きあげる衝撃と轟音。熱が全身を包む。あたかも火山噴火に呑みこまれた瞬間のようだった。

河合のマシンが走りだした。たちまちサーキットにでて、メインストレートを遠ざかっていく。

こちらもぐずぐずしてはいられない。美由紀はアクセルを踏んでマシンを発進させようとした。

ところがその瞬間、ノッキングが起きた。マシンはがくんと振動し、その場に静止してしまった。

周りが呆気にとられたのがわかる。額に手をやるクルーもいた。スタンドでは、失笑を堪えているようすの記者の姿もある。

アマチュア丸出しの発進ミス。見守るほぼ全員が肩を落としたことだろう。

無線を通じて、有坂の情けない声が飛びこんできた。「岬先生……。Ｆ１マシンは低回転では始動できません。エンジン内のバルブが不燃焼を起こすんですよ」

「そうだった」美由紀は冷や汗をかいた。「ごめんなさい、忘れてたわ」

ブーイングが聞こえてきそうな空気のなか、美由紀はアクセルを踏みこんでエンジンをふかした。

次の瞬間、マシンは発進した。滑走する戦闘機に勝るとも劣らない強烈な加速。美由紀はステアリングを切り、メインストレートに躍りでた。

空を飛ぶことを目的とするジェット機と違い、Ｆ１マシンは強力なダウンフォースによって地面に貼りつく。しっかりとしたタイヤのグリップ力を感じた。コーナリングには強そうだが、ストレートには弱い調整に思える。河合のマシンも同じ特性だろうか。いずれにせよ、挽回するのはコーナーに入ってからだ。

ピトー管が計測する時速は三百二十キロに達している。直線も間もなく終わりを告げる。

第一コーナー、いきなり険しい角度を二速でまわっていく。

横方向のGが身体をしめつけてくる。美由紀は息を呑んで堪えた。なるほど、空でフルアフターバーナーに身を委ねるのとはまた異なる刺激だ。

闘争心が沸き立つのを感じる。このていどのGではわたしを気絶させるにはほど遠い。

反射的に六速までシフトアップしてから、第三コーナーを切り抜ける。角度は80Rから100Rへ。ヘアピンにさしかかった。二速まで落とすべきだろうが、三速で突入し、ヒール・アンド・トゥで埋め合わせする。爪先でブレーキ、踵でアクセルを踏んで、エンジン回転数を下げずにブレーキングする。

山の上のサーキットのせいか勾配が激しい。最も標高が低いと思われるコーナーを、ダウンフォース・レベルを調整しながら抜けていく。タイトな第十コーナーの先で四速に上げ、すぐに二速に落として第十三コーナーに入る。

河合のマシンが前方に見えた。ブレーキングにホイールから火花が散る。最終コーナーを二速に落としている。理想的な走りだが、こちらもそれに倣っていたのでは追いつけない。

四速のままで追尾に入り、ステアリング操作だけでコーナーを突破していく。

メインストレートに入ったとき、美由紀は河合の背後をぴたりととらえた。

河合のヘルメットがあわてたようすで振り返ったのが見える。サイドミラーに映った後方の状況が信じられなかったのだろう。

電子音が聞こえ、ピットと無線がつながった。

妙な雑音がする。ほどなくそれは、大勢の人々の歓声と拍手だと判った。

「すごい！」有坂の声は、ほとんど絶叫に近かった。「こんな追い上げは見たことがない！しかも昨年度の優勝者を相手に……。なんなら抜かしてしまってください」

美由紀は苦笑した。

「すみません、それはできません」と美由紀はいった。「進路を塞ぐなといわれてますから。わたし、テストドライバーですし」

報告書

厚生労働省の大臣執務室にひとり居残った小島寛雄は、デスクに山積みになった研究者からの報告書に目を通していた。

大学院をでてキャリアひと筋、若くして大臣政務官になって三年。ここが正念場に違いない。というより、これより深刻な事態はほかに考えられない。

被災国から空輸されてきたヴェルガ・ウィルス感染者の血液は、日本じゅうの医療機関で分析が進められている。全国から続々と届くデータはプリントアウトされて、このデスクに積まれていく。

だが、どの研究者からのレポートも似たりよったりだった。従来のワクチンでは多少の延命は図れるも、病原体そのものを駆逐するには至らず。すなわち現時点では、ヴェルガ・ウィルスに感染することは死を意味する。

ドアが開いて、秘書の山中仁美が入ってきた。携えてきた書類を、またデスクに載せる。

「大阪医科大学からの資料です」

小島はふうっとため息をついた。いくらか消化できたと思ったら、また追加された。疲れていることをしめそうと、目を指先で押さえてみる。

知性に溢(あふ)れた美人秘書は、そんな小島のしぐさをまるで意に介していないようだった。

仁美は腕時計に目を走らせると、きびきびといった。「あと三十分で外務省の国際法局と打ち合わせです」

「待ってくれ。そんなに急(せ)かすな」小島は椅子から立ちあがり、伸びをした。「ヴェルガ・ウィルスに関する大臣への報告書も、まだまとめきれてない」

「報告なら、ひとことで済むと思いますが」

「どんな?」

「打つ手なし」と仁美は真顔でいった。「長尾国連大使が総理にそう報告してからは、永(なが)田町(たちょう)ではどの議員もその言葉を繰り返すばかりです」

「責任を押し付けられた僕らとしては、そういうわけにもいかないな。病原体を抑える方法がないとなれば、ほかのアプローチを考えるしかない」

「というと、渡り鳥の移動パターンですか」

「さすが山中さんは頭の回転が速いね」小島はテーブルに歩み寄り、広げられた世界地図を指し示した。「書きこんである矢印は、ヴェルガ・ウィルスの大規模感染の被害に遭った各国に飛んでくる渡り鳥のルートだ」

仁美は髪をかきあげながら、深刻そうに唸った。「複雑ですね。まるで旅客機の航路図みたい」

「その通り。感染源になった鳥も複雑多彩。季節によってどう動くかも、地域や鳥の種類によってまるで違う。こうしてみると、世界じゅうで鳥たちの民族移動がひっきりなしに起きているわけだ」

「感染率の高いスイスほか十一か国に飛来する鳥たちが、交差するルートは？」

「それも考えたんだけどね……。見てのとおり、ばらばらなんだよ。スイスに来た鳥の群れはフランスのマニクールで冬を過ごす。ヨルダンの鳥はトルコのイスタンブールからだし、ほかにもマレーシアにドイツ、カナダ、オーストラリア、イギリス、バーレーンなどから、感染した鳥が被災国に飛んできていることになる。ところが、その出発点の国々にはなぜかヴェルガ・ウィルスの被害がない。鳥が飛び立つ時期もそれぞれ違うし、ルートが交差する場所もない。いったいどこでどのように感染しているのか、さっぱりわからない」

「でもアンノウン・シグマがワクチンの輸送を阻止しようとしているんですから、これは自然発生したものではなく、誰かの陰謀……」

小島はうなずいた。「まさしくそうだよ。報道はまだ規制されてるけど、事実のすべてが明るみにでたら、世界はパニックだな」

「少しずつリークされてるみたいですけどね。インフルエンザ被害が拡大しているのに、国連が手をこまねいている理由について、各報道機関が憶測をめぐらせてます」

「ふん。そんなことより安全な食材や、病原体を減らす火の通し方を知りたいね。どれ、夕方のニュースがどのくらい妄想に走っているか、見てやろうか」

リモコンをすくいとって、テレビに向けてスイッチを押す。

電源が入り、モニターにニュース番組が映しだされた。

ところが、キャスターは鳥インフルエンザとは無関係の話題を報じている。いくつかチャンネルを変えてみたが、該当するニュースを報じている局はなかった。

「呑気だな」小島はつぶやいた。

「ええ」仁美は呆れたように首を振った。「さぼって祖国に帰っていた相撲取りの話なんて、どうでもいいのに」

「視聴率がとれるんだろ。国民の関心が高いってことだ」

「高齢者の、ですよ。あれが国技だなんて、近代国家として恥ずかしいと思いますけど」

「言うね。肥満体がぶつかり合うさまは暑苦しいだなんて」

「そんなことはいってませんよ。あ、これもよくわかんないですね」

「F1かい？」

「そう。いまじゃようやく鳴りを潜めましたけど、これまではタバコのメーカーがスポンサーになって、商品名をでかでかと車体に載せてた。健康被害を広めるのにひと役買ってたと思うんですけど」

「ああ。そこに関しては、違いないね」

画面には、富士スピードウェイが映しだされている。キャスターの声が告げていた。日本グランプリのフリー走行は無事に終了し、明日は予選、あさっては決勝です。昨年度の優勝者である河合広一選手は、フリー走行でトラブルに見舞われ、一時は予選出場も危ぶまれましたが……。

その声を聞き流すうちに、小島のなかにもやもやしたものが広がりだした。

どうしたのだろう。なにかが気になる。

仁美がきいてきた。「何か……？」

はっとして、小島は額に手をやった。

F1……。まさか……。

小島はデスクに駆け戻った。書類の山をはたき落として、埋もれていたノートパソコンのマウスを操作する。

グーグルの検索窓にふたつのキーワードを打ちこむ。F1、開催スケジュール。

検索結果に表示されたページを開いた。

表示された一覧を見たとき、小島は息を呑んだ。

仁美が歩み寄った。「なにか見つかったんですか？」

「ああ……。バーレーンが四月、トルコが五月、フランスが六月……。なんてことだ、ぴたりと一致する！」

こうしてはいられない。小島はノートパソコンをたたむと、それを携えて戸口に向かった。

「待ってください」仁美が声をかけてきた。「大臣への報告書は？」

「きみがまとめておいてくれ、適当にね。すぐに戻るよ」

困惑のいろを浮かべた仁美を執務室に残し、児島は廊下に走りでた。

胸騒ぎがおさまらなかった。この推測が正しければ、ヴェルガ・ウィルスを広めた犯人はいま、わが国にいる。

電撃

ブラインドの隙間から差しこむ夕陽が室内をオレンジいろに染める。

美由紀はひとけのないロッカールームでTシャツにデニム、スニーカーを身につけ、ハンドバッグを手にして戸口に向かった。

ひどい一日だった。髪もぼさぼさだ。早く東京に帰って風呂に入りたい。このシャワーでは、落としきれないほどの汗をかいたような気がする。実際、身体が軽く思えた。二キロか三キロは減量しているだろう。

廊下にでると、ひとりの男がベンチから立ちあがった。

同じく普段着姿になった河合が、美由紀に歩調を合わせながら話しかけてきた。「なあ……。すごい走りだった。なんていうか、尋常じゃないよ。まるでセナかプロストに追いあげられたみたいだった」

美由紀は歩きながら肩をすくめてみせた。「マシンの性能がよかっただけよ。國瀬さん向けの調整が、たまたまわたしに合ってたのよね」

「だとしても、あんなふうには走れないよ。岬先生、きみの腕ならスーパーライセンスを緊急取得するのも楽勝じゃないか？」

「それどういう意味？」

「有坂さんとも相談したんだけどさ。チームメイトとして途中参戦してくれないかな」

「まさか……。本気でいってるの？」

「もちろん本気だよ。ドライバーズ・タイトルは狙えなくても、それぞれのレースでは上位に食いこめるどころか、優勝争いだって夢じゃないだろう。きみはサードドライバーはもちろんのこと、國瀬よりずっと腕が上だし……」

　複雑な思いが美由紀のなかをよぎった。

　立ちどまって、美由紀は河合を見つめた。「忘れてない？　國瀬さんに怪我させたのはあなたなのよ」

　河合は戸惑ったようすだった。「ああ。あれは……ついかっとなって、申しわけないと思っているよ。國瀬にも謝っておいた。っていうか、妨害工作を働いたのは誰だったんだろ……」

「犯人探しはやめたほうがいいわ。ピットの警備だけ強化しておくべきよ」

「だけど、許せないよ」

「頭に血が昇りやすいと損よ。カウンセリングを受けたほうがいいかもね」

「……臨床心理士としてしか、僕らとはつきあえないってことかい？」

「いいえ。わたしも精神科医に診てもらう立場だし」

「え？」

「精神疾患に悩まされているってこと」

「冗談だろ？」

「だといいんだけどね。河合さんが精神病じゃなくてよかった。とにかくわたし、患者である以上はＦ１参戦なんてできないの」

「……岬先生」

「何？」

「女性ドライバーとして登録できた理由なんだけど……。さっき有坂さんから聞いたよ」

美由紀は、ふいに心が沈むのを感じた。

妊娠できない身体であることを、隠すつもりはない。でも、そのことを話題にしてほしくはなかった。

「そのう」河合は言いにくそうに告げた。「こんな言い方が正しいかどうかわからないいんだけど……。辛(つら)さを乗りこえて、別の道を歩んでみるのも悪くないんじゃないかな」

「F1ドライバーになることでむしろ喜びをみいだせって？」

「きみなら素晴らしいレーサーになれるよ。数億もの年収が稼げる世界だよ」

「わたしはお金なんか……」

「個人の栄冠だけでなく、大勢の人に希望を与える仕事だ」

ため息が漏れる。美由紀は視線を落とした。

「河合さん」美由紀は静かにいった。「ドライバーとしてのあなたは、すごくハングリーな性格のはずよね。いまも、あなたが本心で語っていないことはわかる。チームメイトであっても、あなたにとってはライバル。そんな存在を増やしたいとは思ってない」

「僕は……」

「いいのよ。表情でわかるの。有坂さんのために、チームを維持するためにわたしをスカウトしたいと思っているのね。ドライバーとしてのプライドを押し殺してまで経営を助けようとしてる。あなたがいい人だってことも、わたしはよくわかってるわ」

「……岬先生」河合は困惑のいろを浮かべた。「とんでもない動体視力だね」

「もう身についてしまったことだから、仕方がないの……。誘ってくれてありがとう。でも、優勝者になって人々を魅了するのは、あなたにこそ課せられた使命よ」

わたしには、わたしの仕事がある。別の道を歩んでいく運命にある。

けれども……。わたしは実際、どう生きようとしているのだろう？

まだ臨床心理士には戻れない。わたしはひとりの精神病患者にすぎない……。

頭をかきむしって、その思いを遠ざけた。

ここでやるべきことはもうやった。あとは帰るだけだ。

関係者用出入り口の扉を開けた。夕陽の暖かさとともに、爽やかな風が吹きつけてくる。

ところが、駐車場には妙に人だかりがしていた。

ガヤルドを駐車している辺りを中心に、報道陣や野次馬が輪になって押し寄せている。

「美由紀！」舎利弗が、その群衆のなかから伸びあがって叫んでいる。「こっちだよ、美由紀！」

なんてこと……。美由紀は呆然として立ちすくんだ。

人々がいっせいに振り返り、美由紀に目をとめた。とたんに閃くフラッシュの嵐。わあっという歓声とともに、誰もがこちらに押し寄せてきた。

視線を落としながら、美由紀はガヤルドに向かって歩を進めた。たちまち周りに報道陣が群がり、マイクを差しだしながら歩調を合わせてきた。

「岬さん！」記者のひとりが呼びかけてきた。「千里眼の岬美由紀さんですよね？」

別の記者が行く手にまわりこんだ。「F1への電撃参戦をお決めになった理由は？」

「はあ？」美由紀は面食らってきいた。「参戦？」

「有坂氏はまだ公表の段階ではないといってましたが、正式参戦に充分な含みを持たせた言い方でしたよ。以前からチームの誘いを受けていたんですか？　現在はテストドライバーとのことですが、サードドライバーに昇格の予定は？」

「わたしは……ラピッド・アリサカの一員というわけじゃないですし……」

報道陣にどよめきがあがった。

「それは」別のマイクが突きつけられた。「ほかのチームに入る可能性もあるってことですね？　具体的に接触してるチームはありますか？　ホンダかトヨタ、あるいは外国勢とか……」

「し、失礼します」美由紀は報道陣から抜けだし、足早にガヤルドに向かった。

なんとか自分の愛車にたどり着くと、なおも質問が矢のように浴びせかけられる。普段からランボルギーニにお乗りなんですか？　ってことはフェラーリに入ることはないんですね？　このクルマで垂直ジャンプして首都高の高架線に飛び乗ったって噂は本当ですか？　東京ミッドタウンを走りまわって庭園をめちゃめちゃにしたのもこれですか？

正直に答えれば、すべてイエスだ。でもいまは、記者と会話をつづけたい気分ではない。

「早く乗って」と美由紀は舎利弗にいって、運転席のドアを開けた。

やっとのことでシートにおさまり、ドアを叩きつけると、それなりの静寂が得られた。

助手席で舎利弗が唸った。「みんな、美由紀がラピッド・アリサカの秘密兵器だと思ってるみたいだ。電撃参戦はいつから決まってたんだって、そればかり聞かれたよ」

電撃参戦。電撃か……。

美由紀はつぶやいた。「まさしく、前触れなしに衝撃をあたえられたわ」

エンジンをかけて、ガヤルドをゆっくりと発進させる。なおも追いすがる報道陣を振り切り、美由紀は黄昏どきの空に浮かぶ富士山の下へと走りだした。

予期せぬ訪問者

日が暮れた。舎利弗を本郷の事務局で下ろし、美由紀はガヤルドを代々木上原駅近くのマンションに向かわせた。

ようやく帰ることができたのは午後十時すぎ。地下駐車場へのスロープを下って所定の位置に停めると、やっと運転席から抜けだせた。当分、クルマには乗りたくない。

駐車場はひっそりとしている。マンションに報道陣が待ち構えていなかったことだけが救いだった。

エレベーターを昇り、自室のフロアに戻った。通路から窓を見やると、4LDKの部屋はすべて消灯していて、玄関にも鍵がかかっている。

このところ藍が泊まっているのに、きょうはまだ帰宅していないようだ。

鍵を開けようとしたとき、ドアにメモ用紙がはさんであるのに気づいた。

手に取ってみると、ボールペンで走り書きがしてあった。

『突然お邪魔して申しわけありません。ご相談したいことがあって参りました。また御連絡させていただきます』とある。署名はなく、どこの誰かもわからない。

記者だろうか。オートロックの玄関を突破して、ここまで上がってくるなんて。

部屋に入った。倒れこみたくなるところを堪えて、風呂を沸かし、着替えを済ませた。

留守電を再生すると、藍のメッセージが入っていた。きょうはぁー、おなじみ高遠由愛香さんのお店で食事をするので遅くなります。どうしてもって誘われちゃったから、行ってくるね。早く帰ったら、美由紀さんも来て。

美由紀はもう外出する気になれなかった。由愛香はたぶん、きょうの報道を観ている。彼女が初めて成功した中華料理店のときと同様に、きっとF1がらみの店を出したいと言いだすに違いない。

グランドピアノの前に座り、鍵盤にそっと指を這わせる。ショパンの「木枯らしのエチュード」を弾いた。

いつもならこれで心が落ち着いてくるはずだが、きょうはそうならなかった。

ピアノの前を離れて、バイオリンを手にとる。気分にまかせて弾こうと心にきめたが、なぜかジュゼッペ・タルティーニの「悪魔のトリル」を演奏している自分がいた。

タルティーニが悪夢にインスピレーションを得て作曲したというソナタ。これで気持ちが安らぐはずもない。

うんざりしてバイオリンを投げだし、ソファに横たわって目を閉じた。

身体が重い。疲労のせいだろうか。

いや……。またあの症状が顔をのぞかせている。

沈んでいくような感覚。目を開くと、天井が果てしなく遠ざかっていく。

またか、とため息をついた。

突拍子もないこの事態も、もう難なく受け流したい気分だった。事実、きのうからきょうにかけての出来事を思えば、これぐらいのことはさほど異常とは思えない。幻覚や錯覚などより、現実社会のほうがよほど不条理だ。

寝返りをうつと、テーブルに置いたメモ用紙が目に入った。玄関のドアにはさんであった、誰のものかわからないメモ。

それを手にとり、くしゃくしゃに丸めたとき、ふたたびめまいが襲ってきた。

小視症から大視症に移行していくのを感じる。不思議の国のアリス症候群では、このふたつの症状は半ば唐突に入れ替わる。

いまや、美由紀の足は雪男のように大きく膨れあがり、室内にあるものすべてが異常なほど巨大に見えた。建物ほどもあるテーブル。街角のオーロラヴィジョンに匹敵するサイズの液晶テレビ。そして、まるでジャグジーのように直径二メートル以上に見える、本来は小さかったはずの円筒形のゴミ箱。

　美由紀はもう取り乱したりはせず、丸めたメモ用紙を、その巨大化したゴミ箱にひょいと投げた。ふだんならゴミ箱まではやや距離があって、投げいれるのは難しい。しかしいまは、ゴールを望遠鏡で拡大しているに等しかった。相応に大きくなっている自分の手を離れた紙玉が、直径を増したゴミ箱に難なくおさまった。

　便利。と美由紀はつぶやき、またソファに寝そべった。

　ルイス・キャロルの『不思議の国のアリス』の主人公は、巻末にいくに従って、どんな出来事もすんなり受けいれる女の子になっていく。わたしも同じ心境だと美由紀は思った。わたしは数多くの精神疾患と、それに伴う異常な症例をみてきた。たまたま自分が患ったからといって、いつまでも取り乱したりしない。

　精神疾患は心身に表れる下意識からのシグナルでしかない。真の問題は心の奥底に潜んでいる。

　心の問題、か……。

　症状がおさまってきたのを感じる。目を開けてみると、室内は元通りになっていた。

　はぁっとため息を漏らす。

対症療法ではなく原因療法。いつもカウンセリングではそう心がける。精神疾患にどれだけ対処しようとも、原因を取り除かないことには救われない。

わたしの場合は、どうすればいいのだろう。すべてはわたしの身に起きた事実だ。それが心に深い傷を負わせた。じっとしているだけでも、虚しさが広がっていく。孤独に耐え切れなくなる……。

美由紀は起きあがった。

舎利弗先生が指摘したように、わたしは交感神経が優位なタイプなのだろう。神経が昂ぶってばかりで、いっこうに落ち着かない。

それならいっそのこと、体力を消耗しきるまで動きまわって、疲れきって眠りに落ちたほうがいい。いつもそうしているように。

ソファから立ちあがると、トレーニングウェアに着替えることにした。最上階のスポーツジムならきっと、誰もいないだろう。

エレベーターでジムのフロアに上がってみると、予想どおり、明かりは点いているがひとけはなかった。

何日か前にここを使ったときに、美由紀が椅子の上に置いていったタオルがそのまま放置してあった。あれ以来、誰も来ていないのだろう。賃貸契約者の共有スペースも、多くの住民にとっては宝の持ち腐れらしい。

美由紀はいつものようにシャワールーム脇にある大型ハイビジョン・テレビの電源をいれて、海外のニュースチャンネルを表示した。

英語のキャスターの声を聞き流しながら、ベンチプレスに仰向けに横たわってシャフトを握る。床を踏みしめて、かなりの重量のシャフトをぐいと持ちあげた。上腕筋が張り詰めるのを実感する。

しばらくシャフトを上下させたが、なぜか集中できない自分に気づいた。

どうしたのだろう。いまのところ、精神疾患の症状はおさまっているというのに。

やがて、異変は聴覚にあるように感じた。

耳鳴りがしているわけではない。それなのに、どうも変だ。聴こえてくるテレビの音が、わずかに籠もっているような気がする。

シャフトを慎重にラックに戻し、美由紀はゆっくりと起きあがった。

テレビの画面を見つめる。

デジタル放送だけに映像の乱れもないはずだ。しかし……。

違和感の原因を考えあぐねるうちに、視線は自然に床に向いた。テレビの配線はシャワールームの前を這い、逆側の壁のコンセントにプラグが刺さっている。

じわじわと警戒心がこみあげてきた。

一見、なんの変化もないように思える。でも、わたしの目は誤魔化せない。

シューズを脱いで、足音を殺しながらシャワールームに近づいた。

半開きになった扉から中をのぞくと、白いビニール製のカーテンが閉じている。

美由紀は油断なく、壁面のハンドルを握った。

右にひねれば冷水、左にひねれば熱湯という仕組みだった。間髪をいれず、美由紀はハンドルを左方向に全開にした。

カーテンの向こうで熱いシャワーが噴きだし、湯気が昇る。と同時に、水流の音に混じって男たちの悲鳴が聞こえた。

「熱い！　よせ、よしてくれ！」と男は叫んで、カーテンを割って転がりでてきた。

つづいてもうひとりの眼鏡をかけた男も、頭からずぶ濡れになったまま駆けだしてきた。

ふたりはワイシャツ姿で、ネクタイを締めていた。一見して育ちのよさそうな、キャリア風の青年だとわかる。よほど熱かったらしく、まだ床をのたうちまわっていた。

シャワーを止めると、美由紀は告げた。「通報するわ」

「ま、待って」先にでてきたほうが身体を起こした。「僕らは覗き魔じゃない。痴漢とも違う。変態じゃないと心から誓う」

「でも無断侵入者よね？」

男は手で顔をぬぐい、濡れた髪をかきあげると、居住まいを正して座った。「そのう……どうして僕らが隠れているとわかったので？」

「テレビの音と映像が、いつもより微妙に劣ってたわ」

「は？」

美由紀はコンセントからプラグを引き抜いた。テレビが消えて、室内は静かになった。そのプラグを男に投げながら、美由紀はいった。「乾電池にプラスとマイナスがあるように、コンセントにも正しい方向があるって知ってた？」

「え……？　でもふつう、どっち向きに差しこんでも……」

「コンセントをよく見て。一方の長さは九ミリ、もう一方は七ミリになってる。九ミリのほうは地面に繋がっていて、万が一高圧電流が逆流した場合に放電できるようになっているのよ。AV機器は、内部に生じる電気的なノイズをその九ミリの端子から逃す構造になってる。だから正しい方向にプラグが接続してあれば、ノイズのないクリアーな音と画になる。逆に刺せば、結果も逆ってわけ」

男はぽかんと口を開けたまま、コンセントとプラグをかわるがわる見てつぶやいた。

「知らなかった……。ふだん気にせずに刺してるから……」

「一般的には比べても判らないほどの違いだけど、わたしには気になってしょうがなかったの。誰も入室していないはずのジムで、何者かが電源コードを足にひっかけてプラグが外れ、あわてて元に戻した。位置関係からして、あなたたちはわたしが入ってくるのを察知して、急いでシャワールームに逃げこんだとしか思えない。違う？」

「……わぁ」男は真顔で感嘆の声をあげた。「さすが、噂に聞いた通りの観察眼と思考の速さだ。あなたが、岬美由紀さんですよね……？」

「そっちは？」

「あ、僕は厚生労働大臣政務官の小島寛雄、彼は外務省の国際法局勤務で……」

眼鏡が曇ったままの男が身体を起こした。「三浦晃慶といいます。大臣官房の文化交流部にいる成瀬史郎とは、友人でして」

「成瀬君の……？　そう。モータースポーツの記者じゃないの？」

「れっきとした国家公務員です。あ、身分証明書ならここに……」

「必要ないわ。嘘をついていないことは顔を見ればわかるから」

よく見ると、ふたりとも知性の溢れる顔をしている。美由紀に対してよからぬことを考えていたわけではなさそうだった。

しかし、それならなぜ身を潜めていたのだろう。

美由紀はきいた。「わたしの部屋の玄関にメモをはさんだのは？」

「僕です」と小島がいった。「ご不在のようでしたので」

「どうしてこのフロアに上がってきたの？」

「それは、そのう……。このマンションのエントランスがオートロックでしたので、住民の方が入るときに、僕たちもそ知らぬ顔で滑りこみまして……。岬さんがおられないとわかってからも、いちど建物から外に出たらまた入れなくなるし、ロビーもないので、共用スペースで時間を潰すしかないと思いまして」

「でも不法侵入してるっていう自覚はあったから、わたしが入ってきたときにあわてて隠れたわけね」

「申しわけありません。決して岬さんを欺こうとか、そんなつもりはなかったんです。精神上の不具合についても存じあげております。心労をおかけする意思は、これっぽっちもございません」

そうは言われても、すでに充分なストレスにつながっている。つかの間の休息さえも与えられない。

ため息をつきながら、美由紀はいった。「どんな相談をしに来たかしらないけど、F1

参戦を勧めてくる人たちよりはましね」

ふたりの男は顔を見合わせ、気まずそうな表情を浮かべた。

小島はおずおずといった。「あのう、岬先生。僕らがご依頼にあがったのも、まさしくその件なんです」

「え？　どういうこと？」

「Ｆ１に出場してください」小島は真剣なまなざしで美由紀を見つめてきた。「いま世界を覆う暗雲を振り払うには、それしかないんです」

渡り鳥

午前零時すぎ。この時刻になってもベッドに入ることを許されない。それどころか、美由紀の神経は昂ぶるばかりだった。

リビングルームをうろつきまわって、いま聞かされたばかりの話を頭のなかで整理する。

政府が寄越したふたりの青年は、ソファで身を固くして座っていた。濡れた服もそのままに、頭をバスタオルで拭いただけだが、エアコンのおかげですでに乾きだしている。

「すると」美由紀はいった。「その新種の鳥インフルエンザは、人為的に作られたものだっていうの？」

小島がうなずいた。「まさしくそうです。Ｈ５Ｎ１型を遺伝子操作によって、より強力な病原性を持つウィルスに進化させたものと思われます。研究者の話では、自然の摂理ではここまで短期間に変異するウィルスはないとのことでして」

「空気感染するの？　鳥が飛んできたら、病原体が空からばらまかれるのも同じってわけね」

「ええ……。でもヴェルガ・ウィルスの恐ろしいところは、それだけではありません。鳥にとっては無害なばかりか、異常なほどに生命力と繁殖力を増すんです。被害の大きい国で確認された、感染源となった鳥は、いずれも従来よりも身体がひとまわり大きくなり、しかも大量発生しています。たとえば、キョクアジサシは北極と南極を往来する鳥ですが、大きくなったせいでスタミナもついたらしく、従来の二倍の距離を飛んでいます。餌も、以前より大きな虫を捕食しているようです」

「ということは、感染した鳥は自滅せずに、元気に海を渡ってしまうわけね。種の数を増やしながら……」

三浦がカバンからファイルを取りだした。「この書類は、WHOの専門家チームがまとめたスイスでの被害状況です。鳥が日々増殖していくのに対し、患者の感染率と死亡率は上昇する一方です」

美由紀は書類に目を落とした。症状の進行具合も書かれている。

感染すると、まず突然の高熱に見舞われる。激しく咳きこみ、身体がだるくなる。つづいて嘔吐や腹痛、胸痛が起こり、鼻や歯肉から出血しはじめる。ウィルス性肺炎から呼吸不全を併発し、体内の血が凝固し始め、死に至る……。

読むに耐えない記録ばかりだった。美由紀はファイルを閉じた。「ワクチンで症状の進行は抑えられるの？」

「それが」小島はうつむいた。「従来の鳥インフルエンザ・ウィルスに対しては、実用化されているものは鳥用ワクチンしかなく、ヒト用は臨床実験の段階です。その鳥用ワクチンにしても、東南アジアでH5N1型が流行したとき、ウィルス撲滅には至りませんでした。人体に対しては現在のところ、ノイラミニダーゼ阻害薬によって一時的にウィルスの増加に歯止めをかけるだけでしかありません」

「じゃあ、輸送機がアンノウン・シグマに撃墜されなかったとしても……」

「被災国の患者たちが助かる結果になったとは、言い切れないわけです」

特効薬ではない、ただ症状を抑えるだけのワクチンさえも届かないようにして、感染被害の広がった国を壊滅に導く。尋常ではないやり方だ。たしかにこれは国連の安保理がそう見なしているとおり、一種の戦争行為だろう。

けれども、いったい誰が、何のために……。

美由紀は小島にきいた。「人の手で進化させたウィルスを、どうやって鳥に感染させたのかしら？」

「渡り鳥の餌にウィルスを混ぜておいて、食べさせたとしか思えないんです。発生の時期からみても、よほど短期間に、数多くの鳥にウィルス入りの餌を与えたんでしょう」

「でもそんなことできる？　大量の鳥を一箇所に集められる施設でもないと、不可能だと思うけど」

「どういう設備を用いているかはわかりませんが、犯人はそれを持って移動しているんです。行く先々で渡り鳥を感染させては、その鳥たちの渡った先に被害をもたらしています」

「なぜ最初に鳥に感染させた場所では、人体への被害が広がらないの？」

「ヴェルガ・ウィルスには潜伏期間があります。空気中にウィルスを拡散するまで二週間から一か月のタイムラグがあるんです。犯人はそれを知っていて、渡り鳥を生物兵器に変えているんです」

「うーん」美由紀は唸った。「そうはいっても、F1チームのなかに犯人がいるなんて……」

小島は身を乗りだした。「いいですか、岬さん。各国に被害を与えた渡り鳥の出発点、および感染した時期。いずれも本年度前半のF1グランプリが開催された場所と日付に、ぴたりと一致するんです」

三浦も真顔で見つめてきた。「F1チームには、開催各地の移動を円滑にするため、国際法上税関での特別優遇措置がとられます。マシンを含めエンジンやタイヤなどの部品、ピット用の設備、コンピュータ、ホスピタリティ・ブースの内装資材一式など、最初に認可されたコンテナに積みさえすれば、すべてノーチェックで国境を越えられるんです。これにはドラム缶に入った大量の燃料、オイルなどの液体も含まれます」

美由紀は腕組みをした。「それを利用して、どこかのチームがヴェルガ・ウィルスとその散布用設備を持ちまわっているというの？」

「ええ」小島はうなずいた。「ほかに可能性は考えられないんです」

「それなら、国連にそう訴えるべきでしょ？　安保理が決定したことなら、ＦＩＡも従うしかない。今年のＦ１レースは取りやめになるでしょうね」

ふたりの国家公務員は顔を見合わせた。

「岬さん」三浦が言いにくそうに告げた。「わが国の政府としては、この発見を安保理に伝えるのは当面のあいだ、控えようと」

「は？」美由紀は面食らってきいた。「どういう意味？」

「国連が動いたのでは、犯人を警戒させるだけです。次は別の手段で感染を広めようとするでしょう」

「だからといって、いまも苦しんでいる人が大勢いるのに……」

「世界的な脅威になりつつあるからこそ、陰謀を暴き、すべてを白日の下に晒さねばならないんです」

「それでわたしがF1参戦して、どのチームがテロ集団なのかを探るの？　富士スピードウェイのスタンド裏かどこかで、鳥にウィルスを感染させている現場でも押さえろってこと？」

小島がいった。「わが国では、犯人らは鳥への感染工作をおこなわないと思います。これまでのF1開催地のうち、いくつかの国では同様に何もしなかった形跡があります。理由は、渡り鳥の移動がないからです。いま日本にいる渡り鳥はツバメやハチクマ、アマサギなどの夏鳥ですが、これらはあと何か月も経たないと旅立ちません。感染させても、この国にいるうちに発症し、被害を広めてしまいます。そうすると日本国内で工作を働いたことが判明してしまうため、おこなわないでしょう」

「ってことは、わたしは日本GPだけでなく、次の開催国にも行かなきゃならないわけね」

「まさしくそうです。来月の開催地はシンガポールです。史上初の夜間レース、それもモナコと同じく市内の公道をサーキットに見立ててのレースになるそうです」

「シンガポール……。あらゆる種類の渡り鳥の中継地点よね」

「そうなんです。しかも、シンガポールGPに前後してその場を離れ、北上する渡り鳥がいます」

「北上？　こんな時期に？」

「複雑なルートをたどる鳥なんです。スズメ目ツグミ科のカトキツグミ」

美由紀はどきっとした。

「カトキツグミ……？」美由紀はつぶやきを漏らした。「まさか……」

「ええ、そのまさかです」小島は立ちあがった。「だからこそ、あなたにすべてを賭けたいんです。カトキツグミが、シンガポールの次に行き着く先はわが国、日本です」

レギュレーション

美由紀はほとんど一睡もせず、翌朝未明には富士スピードウェイに舞い戻っていた。まだ日の昇らないうちに関係者用駐車場にガヤルドを停め、車外にでると、ここでも役人が待っていた。

寝不足を感じさせないその青年は、国土交通省の自動車交通局に勤務する吉岡創平と名乗った。

「お会いできて光栄です、岬さん」と吉岡は封筒を手渡してきた。「さっそくですが、これを。大臣から預かってまいりました」

受けとった封筒を開けてみると、A4サイズの紙が一枚、おさまっていた。

FIAの刻印がある英文の書類。スーパーライセンスの証明書だった。ミユキ・ミサキの名がしっかりと記されている。

さしたる感慨もなく、美由紀は紙片を封筒に戻した。「やれやれ」

「おめでとうございます。日本人のスーパーライセンス獲得者はごくわずかですよ」

「正式なドライバーならね。本来はFIAの国際A級ライセンスを取得していて、GP2かF3000か、フォーミュラ・ニッポンあたりで優秀な成績をおさめた人だけが獲得できるわけでしょ？　こんなのいんちきよ」

「いんちきではありません。ただ例外というだけです。フリー走行をこなしただけのドライバーにも認められることがあるんですよ。ホンダのジェンソン・バトンなんかもそうです」

「彼はヨーロッパ・フォーミュラ・フォードやイギリスF3にも出場してたでしょ？　わたしは国が根回ししてエントリーを許されただけ。汚いやり方だわ」

「とんでもない」と吉岡は美由紀を見つめてきた。「日本政府が申しいれたからといって、FIAがすんなりとライセンスを与えてくれると思いますか？」

「え？　違うの？」

「きのうのフリー走行のラップタイムであなたは三位でした。FIAのほうがラピッド・アリサカに対し、積極的に岬さんの参加を求めてきたんです。彼らも彗星（すいせい）のごとく現れた女性ドライバーが、今期F1選手権における台風の目となってくれることを期待しているんですよ」

「ほかのチームはこぞって反対したでしょうね」

「まあ、当然やっかみ半分の批判の声はあがっていますが……。気にしないでいきましょう。参戦を認められたいまは、なんの障害もないんですから。ただし、河合選手が受けたような妨害工作には気をつけてくださいね」

「ええ、そうね」美由紀はため息をついた。「いよいよ参戦、か……」

「けさの調子はどうですか？」

「最悪。ドーピング検査にひっかからないよう、きのうの晩から抗不安薬も飲んでないしね。精神的に追い詰められたらまた発作が起きるかも」

「それは……困りますね。そんなに酷いんですか」

「ええ。聞いてなかった？」

「すみません。私たちとしては、あの岬美由紀さんがF1出場って聞いただけで興奮しまくりで……」

「いいのよ。いろいろ手続きありがとう。じゃ、もう行くね」

「お気をつけて」吉岡は声をひそめた。「ラピッド・アリサカの人たちをはじめとして、誰も岬さんの真の目的を知りません。ほかのチームについて、気になる内情を見つけたら政府に連絡をとってください。ただし、よほどしっかりした物証がないかぎり、警察が踏みこむなどの強硬手段は採れないですけど……」

「独りで嗅ぎまわれってことよね」美由紀は歩きだした。「気は進まないけど頑張ってみるわ」

「ご健闘をお祈りします。あ、それと、岬さん」

「何？」と美由紀は立ちどまってきいた。

吉岡は目を輝かせていた。「レースも上位を期待しております。マクラーレン・メルセデスに勝ったら、レクサスLFAの新車をプレゼントするとトヨタの会長からの伝言です。それと、パナソニック・トヨタ・レーシングに勝ったら、GTRの新車をお贈りすると日産の会長も申しいれてきてます。マツダの会長も……」

「よくわかったわ。心から喜んでいたとお伝えください。それじゃ」

美由紀は頭をかきながら、その場から歩き去った。本気で走るのはよそう。そんなにたくさん、クルマはいらない。

F1選手権に途中からエントリーする新人レーサーに、特別なお迎えや式典があるわけではなかった。

富士スピードウェイのピットビルに入ると、もうどのパドックでもドライバーやメカニック、ピットクルーたちが忙しく立ち働いていた。エンジン音があちこちで鳴り響くなか、多様なユニフォームやレーシングスーツがあわただしく入り乱れている。

私服姿の美由紀が足を踏みいれても、誰も注視しない。すべてのチームがベストを尽くすことに集中している。外の世界のように、美由紀の出場を無条件に祝いたがる浮かれた空気は、ここにはない。

パドックを運ばれるルノーのマシンを横目に見ながら、美由紀はラピッド・アリサカのホスピタリティ・ブースを目指した。

すると、スクーデア・トロ・ロッソのレーシングスーツを着たイタリア系の男が、ひゅうと口笛を鳴らしてこちらを見た。

濃い顔つきに無精ひげ。中継で観たことのある顔だった。たしかファブリツィオ・ベッタリーニ、ドライバーズ・ライセンス六位の若手レーサーだ。

ベッタリーニは同じチームのメカニックに、にやつきながらいった。「女優の登場だ（ラットリーチェ・アリーヴォ）。スタントマンはどこだ？（ドヴェ・エ・カスカトーレ）　痩せてる奴じゃないとな（シェルガ・ウン・ラガッツォ・ソッティーレ）。胸に詰め物も用意しねえと（イ・セーニ・コントラファッティ・ソノ・アンケ・ネチェッサーリ・ペル・ルーイ）」

かちんときて、美由紀は冷ややかにいった。「あいにくわたしに、代役なんていないの（スフォルトゥナタメンテ・イオ・ノン・オ・イル・ソスティトゥート）。きのうの記録が信じられないのなら、その目でたしかめてみたら？」

「こりゃ驚いた」ベッタリーニの顔から笑いが消えた。「言葉がわかるとはね。イタリア人の知り合いでもいるのかい？」

「いいえ」厳密にいえばダビデという男を知ってはいるが、美由紀は首を横に振ってみせた。「あれは人間じゃないしね」

「誰のことだ？　人でなし呼ばわりとは、よっぽど酷い目に遭わされたわけか」

「さあ。酷い目には遭ったけど、本人が人智を超えた存在だとか言ってるから」

「……わけわからねえが、楽しくやろうや。クラッシュしたマシンから抜けだせなくなったら、レース後に俺が助けにいってやるぜ？　お姫様だっこしてな」

「ベッタリーニさん。あなたのチームって、レッドブルのイタリア支社がスポンサーよね？　けさはレッドブル飲んできた？」

「あ？　どういう意味だ？」

「寝ぼけてんじゃないわよって話よ」

「なんだと」ベッタリーニは目をいからせて詰め寄ってきた。「この女……」

「おい(ヘイ)！」頭の禿(は)げたＦＩＡユニフォーム姿の男が割って入ってきて、険しい顔で告げた。

「なにをしている(ホワット・アー・ユー・ドゥーイング)、ベッタリーニ。ピットビル内でのトラブルはマイナスポイントに繋(つな)がるぞ」

不服そうな顔になったベッタリーニが、美由紀を指差した。「彼女もドライバーですよ」

ＦＩＡの運営スタッフは美由紀にも鋭い視線を向けてきた。「ファンは立ち入り禁止だ」

面食らう美由紀を見て、ベッタリーニとメカニックが苦笑いをした。

むっとして美由紀はいった。「彼のいったことが本当なんですけど」

「……ああ」とようやく運営スタッフは気づいたようだった。「ラピッド・アリサカに飛び入りした女性ドライバーってのはきみか。会場入りしたら、まっすぐに自分のチームのホスピタリティ・ブースに向かうことだ。ほかのチームのドライバーと接触してばかりいると、不正を疑われる元になる」

「わかりました。気をつけます」美由紀はそう告げて、踵をかえした。

歩き去る美由紀の背に、ベッタリーニの声が飛んだ。せいぜい頑張れ、芸者ガール。

挑発には乗らない。だが、さっきとは気が変わった。レースには本気で臨む。この業界にいる全員に通じる共通語は言語ではない、順位だ。

闘志が湧き立ってくるとともに、美由紀はここに居心地のよさを感じだした。馴れ合いのない勝負の世界。わたしはやはり、男が大多数を占める組織のなかでの孤独な競争に向いているのかもしれない。ひさしぶりに、防衛大にいたころを思いだす。

それとなく周りに視線を向けながら、ホスピタリティ・ブースとピット・スペースのあいだの通路に歩を進めていった。

政府の読みが正しければ、ヴェルガ・ウィルスをばらまく狂気の集団は、このなかに隠れていることになる……。

ピットにおいても良好な立地条件のA棟の筆頭チームは、マクラーレン・メルセデスだった。その隣りがスクーデリア・フェラーリ・マールボロ。そしてルノーF1チーム、ホンダ・レーシング・F1チーム。いずれもコンストラクターズ・タイトルの獲得圏内にいる強豪チームばかりだった。

さらにBMWザウバー、レッドブル・レーシング、ST&Fウィリアムズのピットがつづく。あの疑わしいスチュワート・ドレインは、マシンにおさまってエンジンの調整に入っていた。

マシンのサイドポンツーンを開けて、なかをいじっているのは、背の低い東洋人だった。頰に傷があって、目つきが鋭い。日本人とは思えなかった。

立ちあがって歩きだしたその男は、極端な猫背だった。背後から見ると、亀のように首をすぼめているように思える。

ピットクルーではなくメカニックらしい。つなぎの背には、英語で名前が記されている。マルコス・アバテリア。名前からするとフィリピン国籍か。

ドレインは美由紀の視線に気づいたようすで、こちらを一瞥したが、すぐにまたステアリングホイールの液晶表示板に目を戻した。

不安の心理が垣間見える。わたしを避けようとしているのはあきらかだ。

やはり妨害工作を働いたのは、この男か……。

Ｂ棟に移ると、順位的には厳しいチームのピットが並んでいた。まだＦ１に参戦して日の浅いパナソニック・トヨタ・レーシングもそこにあった。近づくにつれて美由紀は妙に胸が高鳴ったが、専光寺雄大の姿はなかった。

残念に思う気持ちと、安堵の両方が美由紀のなかに生じていた。

どうしたのだろう。まるで伊吹直哉とすれ違っていた日々に募らせた思いに似ている。

美由紀はため息をついて首を振り、頭のなかに漂いだした暗雲を振り払った。何を考えている。伊吹と専光寺を重ねあわせるなんて。だいたい、伊吹にしても、わたしはそんなに好きだったわけじゃ……。

「やあ、おはよう！」有坂誠がネクタイの結び目を正しながら駆けてきた。「驚きましたよ。こんなに早く心変わりしてくれるなんて」

「ええ……。どうせなら日本ＧＰで初戦を飾りたいと思いまして」

「そうですか」有坂はすこぶる上機嫌のようだった。「わかっていると思いますけど、きょうは予選、明日が決勝です。あなたの腕なら予選突破も夢ではないでしょう。大勢のF1ファンが期待してます。私たちもね。なにしろ、鳥インフルエンザの被害拡大のせいで、世界的にレースの観客が激減しているんで……」

美由紀は表情がこわばりそうになるのを、かろうじて抑えた。

ここでいきなりその話題を持ちだすのは不自然ではないか……？

いや、有坂の顔には満足感と期待感しか表れていない。それに、ラピッド・アリサカのピットについては、きのうも隅々まで見てまわることができた。怪しいところはどこにもない。

とはいえ、油断は禁物だった。これまでも、身内同然と信じた存在に裏切られた経験がある。ヴェルガ・ウィルスを散布しているのも日本人でないとは限らない。

「有坂さん」美由紀はいった。「予選に出場する前に、チームの全員と会っておきたいんです。クルーやメカニックの人たちはもちろん、広報や渉外係、ケータリングの人にも……」

「ああ、あとでみんなを集めて引き合わせますよ」

「ありがとうございます。それと、パドックを散歩してきていいですか」

「散歩？」有坂の表情が曇った。「それはちょっと……。ほかのチームのクルーと話したりすると、いろいろ問題も起きやすいので」

「ええ、そう聞きましたけど……。ただ、初めての場所なので知っておきたいことも……」

「岬さん。ドライバーは必要なときまでモーターホームのなかで休んでいるのが常です。というより、そうしなきゃならないんですよ。どこかで転んで怪我をするだけでもチームにとっては痛手だし、なにより予選と決勝の日は、ほかのチームのマシンの整備を五分以上観察することは禁じられています」

「そうなんですか……」

「この会場の設備のことなんか、気にしないでください。ここが終わればシンガポール、そして上海、最終戦はブラジルのインテルラゴスです。戦いの場は転々と移っていくんですよ。いまはレーシングスーツに着替えて、ゆっくりしていてください。のちほどピットクルーを呼びに行かせますよ」

「わかりました、そうします」

美由紀は有坂と別れて、ホスピタリティ・ブースに足を運んだ。

複雑な思いがよぎる。上海にインテルラゴス。そこまでレースにつきあうつもりはない。というより、日本でのヴェルガ・ウィルスのパンデミックを防げなかったら、有坂らもレースどころではなくなるだろう。チームが属する祖国自体が、消滅の危機に立たされてしまうのだから。

ホスピタリティ・ブースはアメリカン・ポップ調の内装で、カフェかレストランの様相を呈していた。

朝早くのせいか、閑散としている。何人かのピットクルーが朝食をとっているにすぎない。カウンターのなかにはコックがひとりいて、フライパンを振って炒め物をしている。調理の音だけが辺りに響く。

ドライバー用控え室となる専用トレーラー、モーターホームに向かおうとしたとき、ホスピタリティ・ブースの一角に座っていた國瀬憲一郎と目が合った。

國瀬は片腕をギプスで固め、三角巾で吊っていた。浮かない顔をしながら、國瀬はいった。「おはよう。岬先生……」

「ああ、國瀬さん……。腕のほうはどう？」

「全治一か月だって。その後もリハビリしなきゃならないから、本年度中の復帰は絶望的だね」

「そう……」

「いい成績をだしてくださいね、岬先生。僕のぶんも頑張ってください、応援してます」

「ありがとう。全力を尽くすわ」

國瀬は微笑したが、その奥に隠れた本音を美由紀は見逃さなかった。後悔と苛立ち。そしておそらく、美由紀や河合に対しても向けられているであろう憤りの感情。

それらを押し殺して、彼はわたしを応援してくれようとしている。不純な動機で参戦を決めたわたしに、希望を託している……。

やはり負けられない、と美由紀は思った。真の目的とは別に、わたしはこのチームを牽引せねばならない。そして、願わくばひとつでも順位を上げたい。わたしに期待を寄せてくれる人のために。

モーターホームは二台並んでいて、ひとつは河合のものだった。彼はもう中にいるらしい。こういう場合、ノックして声をかけるべきかどうか、レーサーの習慣もわからない。だが美由紀は、黙って自分のモーターホームに入ることにした。彼も心のなかでは、わたしをライバル視している。チームメイトの心をかき乱したくはない。

ドアを開けて車内に入った。狭いが、豪勢な室内がそこにあった。

クローゼットには、真新しいレーシングスーツが吊り下がっている。

美由紀は、鏡に映った自分の顔を見た。

さいわい、精神状態は安定している。思考も研ぎ澄まされていると感じる。問題は、これからどうすべきかだ。

この控え室に閉じこめられてしまうのが常では、ほかのチームの内情を窺い知ることはできない。こっそり抜けだすにしても、レギュレーションに違反することはチームに迷惑がかかるし、できれば避けたい。

いまはチャンスを待つしかない。なにもかも不案内な世界だ、手探りで進んでいくしかないだろう。

美由紀はレーシングスーツをハンガーから外した。

当面の目標は、予選を勝利して切り抜けること。チームをクビになったら、すべては水泡に帰す。その事態を避けるためにも、わたしは決勝進出を果たさねばならない。

決着のとき

正午すぎ、美由紀はモーターホームをでた。

同じラピッド・アリサカのレーシングスーツを着た河合も、ほぼ同時に隣りのモーターホームから姿を現した。

ホスピタリティ・ブースに歓声があがるなか、美由紀は河合を見た。河合も、美由紀を見かえした。

硬い顔をしている。わたしも同じ表情なのだろうと美由紀は思った。

「さてと」河合は告げた。「勝ちに行こうか」

「ええ」美由紀はうなずいた。「お先にどうぞ、河合選手」

「きみから行けよ、岬選手。サーキット上では譲らないからな」

「お互いさまよ」

クルーたちの激励の声が飛び交う。美由紀は河合とともにピットへと突き進んだ。

監督の有坂が腰に手をやって振りかえる。美由紀たちはその前に立ちどまった。

「オーライ」有坂は鋭い目つきを向けてきた。「ふたりとも聞いてくれ。承知のとおり、F1は個人戦と団体戦を同時におこなう競技だ。コンストラクターズ・タイトルを争う団体戦ではきみらは仲間、しかしドライバーズ・タイトルのかかった個人戦では、ライバル同士だ」

河合が真顔でいった。「どちらがナンバーワン待遇になるかも、きょう決まりますね」

有坂は首を横に振った。「俺にいわせれば、きみらはふたりともナンバーワンだよ。岬さん、知っておいてほしいんだが、じつは二〇〇三年にチームオーダーが禁止されてね。優勝候補のドライバーを、チームメイトがサポートする作戦は許されなくなった。つまり、河合を優勝させようとしてきみが道を譲ったりすると、それは禁止行為にあたるということだ」

「じゃあ作戦は必要ないってことですか」

「そうでもない。むしろ、禁止にあたらないやり方でうまく互いをサポートする必要がある。とはいえ、無線もチェックされているから、道を譲れという指示をこちらから送ることはできない。暗号で伝えるチームもあるが、うちはそこまではやらんよ。空気を読んで臨機応変におこなってくれ。チームメイトを先に行かせたいときには、操作を誤ったふりをしてコースアウトしたり、トラブルが起きたように装ってピットインするわけだ。どちらにしても、あからさまにおこなわないようにな」

ふんと鼻を鳴らして、河合はつぶやいた。「もう旗の色は間違えませんよ」

「ああ。そう願ってる。ではきょうの予選を切り抜けてこい。健闘を祈る」

河合が有坂のわきを通り過ぎて、ピットに向かいだした。美由紀もそれにならった。

マシンの前に急ごうとしたとき、中年男が声をかけてきた。「岬美由紀さん」

それは、きのう関係者用駐車場で会った力場直樹だった。富士スピードウェイの管理会社の人間だ。

「どうも」と美由紀は軽く頭をさげた。

力場は、前に会ったときとは態度を豹変させていた。愛想笑いを浮かべ、そわそわとしながら力場はいった。「が、頑張ってください。岬さん。きょうの報道陣の数は、いつもの倍に膨れあがっています。みんなあなたに期待してるんですよ」

「全力を尽くします。あ、それと、力場さん」

「なんでしょう?」

「もう本当のことをいってほしいんですが、このサーキットの水捌けは改善されてませんね? シャトルバスのルートも去年と同じみたいだし、また混乱が起きるかも」

すが」

「あ……いえ、まあ、そのぅ。今年は決勝戦の天気もよさそうだから、問題ないと思いま
「そういうことじゃなくて、どうして手を打たないんですか？　問題の大きな場所に限り、夜通し突貫工事をおこなえば、明日には間に合うと思うんですけど」

「ええ、それはそうなんですが……。じつは予算が厳しくて。去年のこともあって今年はチケットの売れ行きが伸びなかったんです。鳥インフルエンザのパニックのせいで、海外からのお客さんも激減でしてね。日本では感染者はでていないってのに、アジアはどこも同じだと思ってる。迷惑な話ですよね」

「お金があれば、排水ぐらいは直せるわけですか？」

「そりゃもう。でも予算の承認が下りなくて……」

「では、わたしの契約金をすべて譲りますから、明日までにやれるだけやってください」

「え!?　いいんですか？　あ、でも、失礼ですが、契約金はいかほどで……？」

「ご心配なく。土木工事には充分すぎるぐらいの金額をいただいてますから。じゃあ、予選が終わったらすぐに送金しますから、あとはお願いしますね」

「はい、了解です。どうぞおまかせください。では、予選頑張ってください！」

その場から歩き去りながら、美由紀は胸にひっかかるものを覚えていた。

力場の表情。眼輪筋が過剰に収縮したように見てとれた。金のことを聞いて、喜びの感情がこみあげたことを意味する。

彼はそれだけ、一般客のために会場が改善できないことに心を痛めていたのだろうか。あるいは……。

美由紀は頭を振り、その揺らいだ思いを遠ざけた。人を疑っている場合ではない。わたしはいま、勝負にでかける。並居る世界の強豪たちを相手に、命懸けで速さを競わねばならない。

そして、本来の目的においても、ほかのチームの動向を探ることができるのはサーキットの上だけだ。わたしはなにも見過ごせない。あらゆる事態に目を光らせ、どのチームが怪しいかを判断せねばならない。

一億三千万の国民の生命を賭けた大勝負。冗談のようにオッズが高騰したレースが、いま幕を開ける。


（下巻へ続く）

本書は書き下ろしです。

この物語はフィクションです。登場する個人・団体等はフィクションであり、現実とは一切関係がありません。

千里眼（せんりがん）
シンガポール・フライヤー　上

松岡圭祐（まつおかけいすけ）

角川文庫 15066

平成二十年三月二十五日　初版発行

発行者―井上伸一郎
発行所―株式会社角川書店
東京都千代田区富士見二―十三―三
電話・編集（〇三）三二三八―八五五五
〒一〇二―八〇七八

発売元―株式会社角川グループパブリッシング
東京都千代田区富士見二―十三―三
電話・営業（〇三）三二三八―八五二一
〒一〇二―八一七七
http://www.kadokawa.co.jp

印刷所―暁印刷　製本所―BBC
装幀者―杉浦康平

定価はカバーに明記してあります。

ま 26-109　ISBN978-4-04-383618-5　C0193

角川文庫発刊に際して

角川源義

第二次世界大戦の敗北は、軍事力の敗北であった以上に、私たちの若い文化力の敗退であった。私たちの文化が戦争に対して如何に無力であり、単なるあだ花に過ぎなかったかを、私たちは身を以て体験し痛感した。西洋近代文化の摂取にとって、明治以後八十年の歳月は決して短かすぎたとは言えない。にもかかわらず、近代文化の伝統を確立し、自由な批判と柔軟な良識に富む文化層として自らを形成することに私たちは失敗して来た。そしてこれは、各層への文化の普及滲透を任務とする出版人の責任でもあった。

一九四五年以来、私たちは再び振出しに戻り、第一歩から踏み出すことを余儀なくされた。これは大きな不幸ではあるが、反面、これまでの混沌・未熟・歪曲の中にあった我が国の文化に秩序と確たる基礎を齎らすためには絶好の機会でもある。角川書店は、このような祖国の文化的危機にあたり、微力をも顧みず再建の礎石たるべき抱負と決意とをもって出発したが、ここに創立以来の念願を果すべく角川文庫を発刊する。これまで刊行されたあらゆる全集叢書文庫類の長所と短所とを検討し、古今東西の不朽の典籍を、良心的編集のもとに、廉価に、そして書架にふさわしい美本として、多くのひとびとに提供しようとする。しかし私たちは徒らに百科全書的な知識のジレッタントを作ることを目的とせず、あくまで祖国の文化に秩序と再建への道を示し、この文庫を角川書店の栄ある事業として、今後永久に継続発展せしめ、学芸と教養との殿堂として大成せんことを期したい。多くの読書子の愛情ある忠言と支持とによって、この希望と抱負とを完遂せしめられんことを願う。

一九四九年五月三日

角川文庫ベストセラー

千里眼　美由紀の正体　下　松岡圭祐
大切にしてきた思い出は全て偽りだというのか。次々と脳裏に蘇る抑圧された記憶の断片。美由紀の消された記憶の真相に迫る究極の問題作！

クラシックシリーズ1　千里眼　完全版　松岡圭祐
度重なるテロ行為で日本を震撼させるカルト教団と、岬美由紀の息詰まる戦いを描く千里眼シリーズの原点が、大幅な改稿で生まれ変わった！

クラシックシリーズ2　千里眼　ミドリの猿　完全版　松岡圭祐
岬美由紀の行動が原因で中国との全面戦争突入が迫る。公安に追われながらメフィスト・コンサルティングに立ち向かう美由紀を大胆な改稿で描く。

クラシックシリーズ3　千里眼　運命の暗示　完全版　松岡圭祐
反日感情の高まる中国へ拉致された岬美由紀、嵯峨敏也と蒲生警部。開戦へと駆り立てるメフィストのコントロールを断つことはできるのか?!

蒼い瞳とニュアージュ　完全版　松岡圭祐
お姉系ファッションに身を包み光と影を併せ持つ異色のヒロイン、臨床心理士・一ノ瀬恵梨香の活躍を描く知的興奮を誘うエンターテインメント！

蒼い瞳とニュアージュII　千里眼の記憶　松岡圭祐
DV相談会に現れた痣のある女性の真の目的を見抜いた一ノ瀬恵梨香が巻き込まれる巨大な陰謀を描く書き下ろし。彼女を苛む千里眼の記憶とは？

催眠　完全版　松岡圭祐
自分を宇宙人だと叫ぶ不気味な女。彼女が見せた異常な能力とは？　臨床心理士・嵯峨敏也が超常現象の裏を暴き巨大な陰謀に迫る。完全版登場！

角川文庫ベストセラー

江戸の暗黒街　新装版　池波正太郎

女に飛びかかった小平次は恐ろしい力で首をしめあげ、短刀で心の臓を一突きに。江戸の暗黒街でならす名うての殺し屋の今度の仕事は。

西郷隆盛　新装版　池波正太郎

近代日本の夜明けを告げる激動の時代、明治維新に偉大な役割を果たした西郷隆盛の足どりを克明に追い、人間像を浮き彫りにする。

炎の武士　池波正太郎

武田勢に包囲された三河国長篠城に落城の危機が迫る。悲劇の武士の生き様を描く表題作をはじめ「色」「北海の猟人」「ごろんぼ佐之助」の4編を収録。

男のリズム　新装版　池波正太郎

東京の下町に生まれ育ち、生きていることのきめ細かな喜びを暮らしの中に求めた作家、池波正太郎。男の生き方のノウハウを伝える好エッセイ集。

卜伝（ぼくでん）最後の旅　池波正太郎

諸国で真剣試合に勝利をおさめた剣豪・塚原卜伝。武田信玄の招きを受けて甲斐の国を訪れたのは七十三歳の老境に達した春だった。会心の傑作集。

戦国と幕末　新装版　池波正太郎

深い洞察と独自の史観から、「関ケ原と大坂落城」「忠臣蔵と堀部安兵衛」「新選組異聞」の三部構成で綴るエッセイ。変換期の人間の生き方に迫る。

侠客　池波正太郎

町奴として江戸町民の信望厚い長兵衛は、恩人である旗本・水野十郎左衛門との対決を迫られていた。幡随院長兵衛の波乱の生涯を描く時代巨編。

角川文庫ベストセラー

生きるヒント
自分の人生を愛するための12章
五木寛之
「歓ぶ」「惑う」「悲む」「買う」「喋る」「飾る」「知る」「占う」「働く」「歌う」——日々の感情の中にこそ生きる真実が潜んでいる。あなたに贈るメッセージ。

生きるヒント2（ツー）
いまの自分を信じるための12章
五木寛之
「損する」「励ます」「乱れる」「忘れる」そして、「愛する」——何気ない感情の模索から、意外な自分が見えてくる。不安な時代に自分を信じるために。

生きるヒント3（スリー）
傷ついた心を癒すための12章
五木寛之
今の時代に生きる私たちにとってまず大切なのは、内なる声や小さな知恵に耳を傾け、一日を乗り切ること。ユーモアと深い思索に満ちたメッセージ。

生きるヒント4（フォー）
本当の自分を探すための12章
五木寛之
いまだに強さ、明るさ、前向き、元気への信仰から抜けきれないのはなぜだろう。不安の時代に自分を信じるための12通りのメッセージ。第4弾！

生きるヒント5（ファイブ）
新しい自分を創るための12章
五木寛之
年間二万三千人以上の自殺者を出す、すさまじい「心の戦争」の時代ともいえる現在、「生きる」ことの意味とは、いったい何なのだろう。完結編。

青い鳥のゆくえ
五木寛之
見つけたと思うと逃げてしまう青い鳥、永久につかまらない青い鳥。そのゆくえを探して著者は思索の旅に出た。童話から発する、新しい幸福論。

人生案内
夜明けを待ちながら
五木寛之
職業、学校、健康、夢と年齢、自己責任、意志の強さ弱さ——私たちの切実な悩みを著者がともに考え、答えを模索した人生のガイドブック。

角川文庫ベストセラー

死線上のアリア　内田康夫

名器ストラディバリを護衛して欲しい!? 鴨田英作と犯罪捜査用スーパーパソコン『ゼニガタ』が活躍する表題作を収録した傑作短編集。

喪われた道　内田康夫

青梅山中で虚無僧姿の死体が発見された。浅見の前には「失われた道」という謎の言葉が…。内田文学の新境地となった傑作長編推理。

存在証明　内田康夫

照れ屋の正義漢？ 身勝手な浅見光彦の友人？ その実体は？ ボクが浅見か、浅見がボクか、軽井沢のセンセが語る本音エッセイ。

日光殺人事件　内田康夫

東照宮ゆかりの天海僧正は明智光秀だった？ 日光近くの智秋家は明智と関係が？ 智秋家の令嬢朝子の依頼で浅見光彦が「日光」の謎に挑む！

遺骨　内田康夫

殺害された製薬会社の営業マンが、密かに淡路島の寺に預けていた骨壺。最先端医療の原罪を追及する浅見光彦の死生観が深い感動を呼ぶ。

はちまん(上)　内田康夫

八幡神社を巡り続けた老人の死体が秋田県で発見された。浅見光彦はこの元文部官僚の軌跡をたどる。著者が壮大な想いをこめて紡ぎ上げた巨編。

はちまん(下)　内田康夫

殺された飯島が八幡神社を巡った理由は？ 事件を追う中で美由紀と婚約者の松浦に思いもかけぬ悲劇が。浅見光彦を最大の試練が待ち受ける！

角川文庫ベストセラー

パイロットフィッシュ　大崎善生
出会いと別れの切なさと、人間が生み出す感情の永遠を、透明感溢れる文体で綴った至高のロングセラー青春小説。吉川英治文学新人賞受賞作。

アジアンタムブルー　大崎善生
愛する人が死を前にした時、人は何ができるのだろう——。最後の時を南仏ニースで過ごそうと旅立った二人。慟哭の恋愛小説。映画化作品。

孤独か、それに等しいもの　大崎善生
今日一日をかけて私は何を失ってゆくのだろう——（「八月の傾斜」より）。灰色の日常に柔らかな光をそそぎこむ奇跡の小説五篇。

ジャングルの儀式　大沢在昌
「十七年待った……」父を殺した男を追い、ハワイから冬の東京に来た男。鍛えぬいた体と飢えた心を持ち、いま都会のジャングルで牙を剝く！

標的はひとり　大沢在昌
心に傷を負う殺しのプロが請け負った標的は、世界一級のテロリスト。狙う側と狙われる側との目に見えない死のシーソーゲームが始まった！

夏からの長い旅　大沢在昌
最愛の女、久邇子と私の命を狙うのは誰だ？全ての答は、あの一枚の写真にあった。運命に抗う女の為に、十字架を背負った男が闘いを挑む！

深夜曲馬団（ミッドナイト・サーカス）　大沢在昌
錆びついた感性を再び輝かせるには……？苦悩するフォトライター沢原の自己との闘い（「鏡の顔」）。日本冒険小説協会最優秀短編賞受賞作品集。